데일리 히어로

FUSION FANTASTIC STORY

인기영 장편 소설

DAILY HERO

데일리 히어로 1

인기영 장편 소설

초판 1쇄 찍은 날 § 2014년 11월 18일
초판 1쇄 펴낸 날 § 2014년 11월 25일

지은이 § 인기영
펴낸이 § 서경석

편집부장 § 권태완
편집책임 § 이창진
편집 § 박가연

펴낸곳 § 도서출판 청어람
등록번호 § 제387-1999-000006호
등록일자 § 1999. 5. 31
어람번호 § 제1-1987호

주소 § 경기도 부천시 원미구 부일로 483번길 40 서경B/D 3F (우) 420-822
전화 § 032-656-4452 팩스 § 032-656-4453
http://www.chungeoram.com
E-mail § chungeorambook@daum.net

ISBN 979-11-316-9294-3 04810
ISBN 979-11-316-9293-6 (세트)

데일리 히어로

FUSION FANTASTIC STORY

인기영 장편 소설

DAILY HERO

1

도서출판 청어람

데일리 히어로

DAILY HERO

CONTENTS

프롤로그

21세기 대한민국.

최첨단 과학이 지배하는 세상.

그 안에서 살고 있던 내게 어느 날 주어진 천재일우의 기회.

'선행을 쌓으면 초자연적인 영혼의 힘을 내 것으로 만들 수 있다.'

그게 지금 내 인생의 팩트다.

Chapter 1
선행 셔틀

"야, 빵 셔틀!"

중학교 때까지만해도 저 단어가 나와 상관없을 거라고 생각했다. 하지만 지금은 이가 갈리게 만든다.

까드득.

어쩔 수 없이 일어나 태진이에게 갔다.

책상에 두 다리를 걸치고 의자를 뒤로 살짝 눕혀 앉아 있는 태진이의 입에 비릿한 미소가 걸려 있다.

녀석과 가까워지는 몇 걸음 동안 머릿속에선 의자로 놈의 정수리를 내려찍는 상상을 몇 번이나 한다.

그것만으로도 손발이 차가워지고 머리가 핑핑 돈다.

진짜 그런 행동을 한 것도 아닌데 숨이 가빠졌다.

난 겨우 충동을 눌러 참았다.

아니, 사실 그런 행동을 할 용기가 부족한 것이다.

태진이의 앞에 서자 녀석이 내게 물었다.

"4교시 수업 뭐냐?"

"…체육."

"쉬는 시간 몇 분 남았어?"

"2분."

"그럼 매점 가서 고로케 세 개랑 딸기 우유 세 개 사 와."

…씹새끼.

죽이고 싶다, 진심으로.

"…지금?"

"그럼 뭐, 하교할 때 사 올 걸 지금 미리 사두라고 할까?"

매점까지 가는 데만 2분이 걸린다.

그것도 달려가야 그렇다.

이번은 체육 시간이고, 담당 선생은 게슈타포다.

별명처럼 교권이나 학교 정책에 반하는 학생들을 무섭게 탄압하고 몽둥이로 다스린다.

게슈타포에게 반항이나 하극상은 있을 수가 없는 일이다.

키는 190이 넘고 우락부락 근육질 몸매에 서구적인 얼굴이 특징인데, 전신에서 함부로 다가가기 힘든 아우라 같은 것이 풍겨진다.

그러다 보니 학교에서 좀 논다는 학생들도 감히 게슈타포에게는 대들지 못했다.

이제 고3의 끝자락이고 수능이 앞으로 얼마 남지 않았다.

그러나 게슈타포는 기어코 학생들에게 체육 활동을 시켰다.

그런 게슈타포가 특히 중요하게 생각하는 것이 있었다.

자기가 운동장에 나오기 전에 학생들이 미리 나와 오와 열을 맞춰 줄을 서야 한다는 것이다.

그러지 않으면 게슈타포의 몽둥이가 불을 뿜는다.

그런데 2분 동안 매점을 갔다 오라고?

진심으로 태진이를 갈기갈기 찢어놓고 싶다.

나한테 힘만 있었다면 홀딱 벗겨서 밧줄로 묶어 학교 운동장에 던져 버렸을 것이다.

하지만 나한테는 그럴 힘이 없다는 게 문제다.

태진이가 만 원짜리 한 장을 꺼내 툭 던졌다.

그것은 팔랑거리며 내 발 앞에 떨어졌다.

"거스름돈 잘 받아 와. 난 나가 있는다."

허리를 숙여 지폐를 줍는 그 동작 한 번이 너무나 힘들었다.

교실에 있는 모든 학생이 날 보고 있는 것 같다.

속으로 다들 비웃겠지.

이런 내가 너무 초라해 미칠 지경이다.

언제부터 이렇게 된 걸까?

기억을 더듬어봤다.

그래, 사실 시작은 별게 아니었다.

태진이와 같은 반이 된 1학년 시절, 교실에서 실수로 녀석과 어깨가 부딪혔다.

그때까지도 난 또래보다 키가 좀 더 큰 조용한 학생이었다.

그런데 태진이는 나를 본보기라도 삼듯 무섭게 구타했다.

반 학생들이 다 보는 와중에 난 저항 한 번 못 해보고 심하게 짓밟혔다.

그날 이후, 태진이는 이유도 없이 날 괴롭혔다.

내가 그 녀석에게 무슨 큰 잘못을 한 것도 아닌데.

그냥 그놈은 날 장난감 삼아 다른 학생들에게 경고를 주고 있는 것이었다.

누구라도 내 입장이 될 수 있었다.

내가 재수가 없었던 것뿐이다.

그게 다였다.

이 상황을 벗어나는 방법은 두 가지밖에 없다.

내가 학교를 그만두든가… 아니면 태진이를 조져 버리든가.

* * *

게슈타포가 선글라스를 벗었다.

그리고 호랑이 같은 눈으로 늦게 온 나와 내 손에 들린 검은 봉지를 번갈아 봤다.

두근두근두근.

이러다가 심장 터지는 거 아닐까.

게슈타포는 성난 황소마냥 내게 다가왔다.

"유지웅."

"…네."

"배 많이 고팠나?"

"아니요……."

"근데 매점에서 뭘 그렇게 많이 사 왔나?"

"……."

"유지웅."

"네."

"너 한 놈이 늦게 오는 바람에 다른 학생들이 소중한 시간을 허비하며 기다려야 했다. 그 시간을 네가 보상할 수 있나?"

"…죄송합니다."

게슈타포가 내 손에 들린 봉지를 거칠게 빼앗아 머리 위에 대고 거꾸로 털었다.

후두두둑.

고로케와 초코 우유들이 몸을 두들기며 우르르 쏟아졌다.

"혼자서 이걸 다 먹으려고 했나?"

"그게 아니라……."

"그게 아니면?"

난 슬쩍 태진이를 바라보았다.

눈이 마주치는 순간, 놈이 시린 미소를 머금고 고개를 끄덕였다.

말하고 싶으면 말해보라는 제스처다.

진짜 저 개새끼를…….

"그게 아니면!"

게슈타포가 다시 물었다.

"…유지웅."

저 인간이 내 이름을 부를 때마다 숨이 턱턱 막힌다.

"대답 안 하나!"

"네."

"엉덩이 열 대. 운동장 서른 바퀴. 둘 중에 선택해."

저 인간의 불몽둥이 열 대를 맞으면 죽을지도 모른다.

"운동장 서른 바퀴 뛸게요."

"실시!"

난 억울하다며 반항할 생각도 못한 채, 운동장을 뛰기 시작했다.

그런 내 뒤로 태진이 패거리의 비웃음 소리가 들려왔다.

*　　*　　*

운동장 서른 바퀴는 내게 너무 벅차다.

인정하기 싫지만 내 몸은 건강함과는 거리가 멀다.

키는 제법 크지만, 몸에 근육은 하나도 없어 깡말랐다.

"헉헉!"

아직 10바퀴도 뛰지 않았는데 숨이 턱 끝까지 차오른다.

다른 친구들은 그런 날 거들떠도 안 본 채 게슈타포를 따라 수업을 하고 있었다.

아니, 단 한 명.

나만큼은 아니지만 친구들이 상대를 안 해주는 은따 상덕이만 애매한 얼굴로 힐끔힐끔 날 살폈다.

상덕이는 중학교 때부터 내 친구다.

고등학교 와서도 유일하게 나랑 친구를 하는 놈이다.

다만, 학교에서는 남인 척 지내는 게 흠이지만.

같이 왕따당할까 봐 겁나서 곁에도 안 온다.

친구라는 놈이 너무한 거 아닌가 싶다.

그나저나 서른 바퀴를 언제 다 채우나.

입에서 단내가 난다.

* * *

학교의 모든 수업이 다 끝났다.

난 종이 치자마자 얼른 교실을 빠져나왔다.

뒤도 안 돌아보고 달려서 교문을 나섰다.

버스 정류장에서 막 출발하려는 버스를 잡아타고 다섯 정거장을 가서 내렸다.

넓은 대로변을 따라 걷다가 오른쪽으로 꺾어지는 골목에 들어섰다.

사람 하나 없이 한적한 이 길의 주변으로는 오래된 주택만 가득했다.

신축 건물은 눈을 씻고 찾아봐도 없다.

오래전부터 이곳에 살았거나 사정이 여의치 않은 사람들만 이사를 오는 동네다.

우리 가족은 후자였다.

사실 일 년 전까지만해도 이런 동네에 내가 살게 될 것이라고는 생각도 못했다.

그러나 일 년 사이에 일어난 일련의 사건 때문에 우리 가족은 바닥으로 추락했고, 이 동네로 이사 오게 되었다.

모든 것은 그놈의 돈 때문이었다.

온 가족이 힘들게 사는 것도, 내가 하루하루 더 위축되어 가는 것도, 그 빌어먹을 돈 때문이었다.

돈만 있었다면 이렇게까지는 되지 않았을 것이다.

이런저런 상념에 젖어 골목길을 걷는데.

'……?'

갑자기 인 생소한 기운에 정신이 휙 휘말리는 것 같은 기분이 들었다.

골목길이 어딘지 모르게 평소와 달랐다.

분위기라고 해야 할까?

내가 매일같이 발 도장을 찍는 곳인데도, 낯설고 기이했다.

이상하리만치 공기도 무거웠다.

지금은 가을의 끝 무렵이건만 마치 한여름의 내리쬐는 태양을 맞는 것마냥 몸이 처지고 숨 쉬는 것도 불편했다.

한 발 한 발 내딛기가 꺼려지는 마음을 추슬러 앞으로 계속 걸었다.

이제 조금만 더 가면 집이다.

그런데.

휙!

무언가 작고 검은 물체가 내 앞을 바람처럼 지나갔다.

“으악!”

놀라서 뒤로 넘어지며 엉덩방아를 찧었다.

등 뒤로 식은땀이 흘렀다.

고개를 돌려 조금 전 그 물체를 찾았다. 없었다. 시야를 조금 높였다.

담벼락 위에 고고하게 선 작은 생명체가 파랗고 시린 눈으로 날 내려다보고 있었다.

어이없게도 그건 검은 고양이였다.

한데… 고양이에게서 풍기는 기운이 마치 호랑이를 대면한 것마냥 무시무시했다.

이 압박감은 뭐지?

요새 하도 스트레스를 많이 받고 살았더니 심적으로 약해진 건가?

늘 다니던 골목을 두려워하고, 고양이에 놀라다니.

‘저건 고양이야. 호랑이가 아니야.’

자라 보고 놀란 가슴 솥뚜껑 보고 놀란다고 한다.

내 정신이 약해져서 별거 아닌 일에 예민하게 반응하는 걸 거야.

무시하자.

우리 집 대문이 저 멀리 보인다.

뛰어가고 싶은 마음이 간절하지만 그럴 수가 없었다.
검은 고양이한테 놀랐다는 걸 들키기 싫다.
보는 사람은 아무도 없었다.
검은 고양이 한 마리만 날 보고 있었다.
그런데 그 녀석에게 내가 놀란 모습을 내보이기 싫었다.
이상한 일이다.
터벅터벅.
최대한 침착하게 걸음을 옮겼다.
그런데, 검은 고양이도 나를 따라 담벼락을 걷기 시작했다.
'뭐야, 저놈?'
난 기본적으로 고양이를 별로 좋아하지 않는다.
내가 생각하는 고양이의 이미지는 지독한 이기주의에 사람을 관찰하는 기분 나쁜 눈, 소름 끼치는 울음소리, 그게 전부다.
'신경 쓰지 말자.'
애써 마음을 다잡으며 걸음을 더 빨리하려는 그때.
"돈을 벌고 싶지?"
갑자기 내 귓속으로 들어온 중성적인 음성이 발길을 붙잡았다.
성별을 분간할 수 없는 특이한 음성 때문만은 아니다.
던져진 질문이 내가 지금 가장 간절히 바라는 욕망에 대해서기 때문이다.

뒤를 돌아보았다.

아무도 없었다.

오늘따라 더 외롭고 을씨년스러운 골목길엔 여전히 나 혼자였다.

그럼 대체 누가 말을 건 걸까?

설마 하며 위를 바라봤지만 구름 한 점 없이 깨질 듯 파란 하늘만 나를 반겼다.

담벼락의 검은 고양이의 소름 끼치는 눈동자는 여전히 나를 향해 있었다.

귀신에 씌기라도 한 건지, 골목길을 들어서는 순간부터 모든 것이 이상했다.

잠시 멈췄던 걸음을 다시 떼려 했다.

"필요하잖아, 돈. 그것도 많이."

"누구야!"

개는 사실 무서워서 짖는 거라고 한다.

나는 두려움에 떠는 개처럼 비명을 지르며 뒤를 돌아보았다.

여전히 아무도 없었다.

그때.

"여기다."

믿기 싫었지만, 그 소리는 몸을 돌린 오른쪽, 그러니까 담벼락 위에서 들려왔다.

서서히 고개를 움직였다.

심장이 쿵쾅거리며 뛰었고, 두 눈엔 검은 고양이가 들어왔다.

이어, 믿을 수 없는 광경이 벌어졌다.

검은 고양이가… 웃었다.

사람처럼, 입꼬리 한쪽을 쭉 말아 올렸다.

너무 놀라면 다리에 힘이 풀리고 비명조차 나오지 않는다던데, 지금 내가 딱 그렇다.

도망가고 싶지만, 몸이 말을 듣지 않았다.

머리카락이 쭈뼛거리며 섰고 정신이 멍해서 허공에 붕 떠 있는 것 같았다.

턱.

겨우 한 발을 뒤로 뺐다.

그다음엔 다시 한 발을 움직여 몸을 돌렸고 집을 향해 절뚝절뚝 걸어갔다.

그런데.

화르르륵!

거대한 화염이 지척에서 일었다.

"헉!"

놀라서 뒤로 넘어졌다.

갑자기 치솟은 불길은 골목을 가득 채우며 내 앞을 가로막았다.

타탓.

패닉에 빠진 내 어깨 위에 무언가가 올라탔다.

검은 고양이였다.

녀석이 내 귓가에 입을 대고 악마처럼 속삭였다.

"이건 꿈이 아니야. 네가 미친 건 더더욱 아니고."

그 순간 높이 솟구치던 불의 장막이 거짓말처럼 사라졌다.

"비록 여기선 이런 모습이지만 난 저쪽 세계에서는 대마법사 카시아스라고 불렸어."

…지금 무슨 소리를 하는 거지?

이게 다 꿈이 아니라고? 내가 미친 것도 아니라고? 그럼 어떻게 설명해야 하는 건데?

"넌 그런 내게 선택된 행운아고. 네 인생이 갑자기 왜 불행해졌는지, 무엇 때문에 이다지도 힘든 하루하루를 견뎌내야 하는지 궁금하지 않아?"

정신이 없는 와중에도 검은 고양이의 그 말은 내 폐부를 찔렀다.

그리고 하루에도 몇 번씩 애써 잊어 넘기려 하는 기억들을 꺼내놓았다.

지금도 병실에 누워 병마와 싸우고 있는 엄마.

파리만 날리는 음식점을 지키면서 감당 못할 병원비로 불어나는 빚더미에 힘들어하는 아버지.

대학 진학을 포기하고 작은 회사 경리직에 들어간 누나.

그리고… 정신 차려보니 빵 셔틀이 되어버린 나.

이러한 비극은 어느 한순간에 찾아왔다.

아버지의 음식점은 대박은 아니지만 생계를 유지할 만큼은 잘되었고, 엄마는 그런 아버지를 도와 주방일을 맡았다.

그런데 어느 날 엄마가 백혈병 진단을 받았다.

엄마는 병원 치료를 받으면서 건강이 점점 악화되어 주방일을 더 이상 할 수 없게 되었다.

결국 주방 아주머니를 들이게 되었는데, 그때부터 손님의 발길이 뚝 끊기고 말았다.

엄마의 치료비는 점점 감당하기 힘든 수준이 되었다.

아버지가 가게를 접을 순 없는 노릇인지라 우리는 살던 전셋집을 빼서 지금의 허름한 월세 집에 들어오게 되었다.

아버지에겐 가게가 수입을 기대할 수 있는 유일한 희망이었다.

그러나 갈수록 가게를 찾는 손님은 줄어들었고, 그만큼 빚은 늘어갔다.

미술 쪽에 재능이 있어 그쪽 방면으로 제법 촉망받던 누나는 미대 진학을 포기하고 박봉이나마 가계에 보태기 위해 직장인이 되었다.

서로의 아픔을 건들지 않기 위해 입을 다물고 있지만, 사실 전부 알고 있다.

하루하루 지날수록 우리 가족이 짊어져야 하는 빚의 크기도 무거워진다는 걸.

대체 왜 이렇게 되어버린 걸까.

나는… 우리 가족은 무엇 때문에 이토록 힘들어야 하는 걸까.

"우주에서 벌어지는 모든 일엔 이유가 있다. '그냥' 이라는 건 없지. 네가 왜 힘들어야 하는지, 어떠한 연유로 갑자기 불행이 들이닥친 건지 알고 싶다면……."

내 어깨에 올라탄 검은 고양이와 나는 한 뼘도 안 되는 거리에서 서로를 바라보고 있었다.

검은 고양이의 날카로운 눈동자는 내 모든 것을 꿰뚫고 있는 것 같았다.

"그리고 돈을 벌고 싶다면, 지금의 인생을 바꾸고 싶다면 내가 내미는 손을 잡아."

…다른 건 모르겠다.

그저 돈을 벌어 인생을 바꾸고 싶지 않느냐는 말이 계속해서 머릿속에 맴돌았다.

고양이가 꼬리를 내 앞에 내밀었고, 나는 무엇에라도 홀린 듯 그의 꼬리를 잡았다.

고양이가 다시 차가운 미소를 머금었다.

"잘했어."

* * *

내가 어렸을 때, 십수 년 후엔 자동차가 하늘을 나는 세상이 올 거라고 했다.

아니다. 십수 년 후엔 고양이가 말을 한다.

"지금까지 내가 한 말 이해했지?"

"……."

당장 이 상황 자체가 이해되지 않는데, 갑자기 방언처럼 늘어놓은 그 수많은 정보를 어떻게 이해하란 말인지.

"이해 못했어? 보기보다 멍청하군. 담배 있지?"

"…뭐?"

"요새 고딩들은 다 태우던데, 하나만 줘봐."

이젠 고양이가 담배까지 달란다.

"안 피워."

"숙맥이군. 그보다 대답은?"

"무슨 대답?"

"내가 들려준 이야기를 제대로 이해했냐고 물었을 텐데."

사실 무슨 얘기를 들었는지도 잘 모르겠다.

난 최대한 기억을 되살려, 그것을 더듬더듬 입으로 뱉어냈다.

"그러니까… 넌 데브게니안이라는 곳에서 왔다 이거지? 이름은 카시아스고. 그 대륙에서 대마법사였는데……."

"피치 못할 사정이 있어서 지구로 넘어왔지."

지금도 이걸 믿어야 하나 말아야 하나 싶다.

그러나 거대한 불길을 일으켰다가 없애 버리는, 말하는 고양이가 눈앞에 있다. 이제는 무슨 일이 일어나도 이상할 게 없는 상황이다.

"그 피치 못할 사정이 뭔데?"

"그건 비밀. 아무튼 여기까지 이해했어?"

"뭐… 그래, 어떻게든."

"앞으로는 네게 벌어지는 상황들을 더 빨리 받아들이는 게 정신 건강에 편할 거다."

"가능하겠냐. 너무 말이 안 되는데."

"세상에 말이 되는 일이 얼마나 있을 것 같아? 그 말이 된다는 것의 기준은 지구에 사는 인간들이 정해놓은 고정관념과 틀을 갖다 댔을 때, 거기에 벗어나지 않는 범주를 말하는 거겠지?"

"……."

갑자기 저런 말을 하니까 입이 턱 닫혔다.

나와 반대로 카시아스의 입은 계속해서 열렸다.

"한데 그 범주에서 벗어난 일들도 지구에선 왕왕 일어난다는 걸 알아? 항공학적으로 봤을 때 꿀벌은 날 수 없지. 하지만 날아다녀. 왜? 항공학이라는 걸 인간이 만들었으니까. 그들의 상식에서 벗어난 구조를 꿀벌이 지녔으니 본디 날 수 없다고 판단해 버리는 거고. 하지만 꿀벌은 날아. 왜? 인간의 상식과 관계없는 그들만의 과학을 가지고 있으니까."

"꿀벌이 날아다니든, 말든……."

"이런 사건도 있었지. 어떤 사람 둘이 큰 배의 냉동 창고에 갇혔어. 그리고 동사한 채 발견됐지. 그런데 사실 그 냉동 창고는 작동하지 않고 있었어. 과학적으로 이게 말이 될까? 안 돼. 하지만 동사했단 말이야. 왜? 그들이 냉동 창고가 작동하고 있다 믿었기 때문이야."

"……."

"고양이가 말을 해. 그리고 다른 세계에서 온 대마법사라고 하고 있지. 이것 역시 지구에서 왕왕 일어나는 인간의 상식을 벗어난 일 중 한 가지야. 이제 받아들일 수 있겠지?"

한 가지는 확실해졌다.

이 고양이, 말발이 장난 아니다.

"머리로는 이해를 한다 쳐도, 그게 쉽사리 받아들여지진 않아."

"고집이 센 놈이군. 그럼 천천히 받아들여. 됐지?"

알았다고 대답할 뻔했다.

대마법사가 아니라 사기꾼이었던 거 아닐까.

일단 중요한 건 그게 아니다.

"그런데 그 대마법사 고양이가 왜 나를 택한 거냐고."

"인생 역전시켜 주려고."

"…그게 다야? 그런 이유라면 나보다 더 네 도움이 필요한 사람들이 있을 텐데?"

"농담이 통하지 않는 놈이군. 설마 고작 그런 이유 때문에 널 택했을까?"

"그럼 뭔데?"

"나중에 말해줄게. 지금 얘기해 봤자 또 믿지 못하겠다고 발광할 게 뻔하니까."

"하아, 그래서? 어떻게 내 인생을 역전시켜 주겠다는 건데?"

말을 하면서도 이게 지금 뭐하는 짓인가 싶다.

골목길에서 말하는 고양이를 만날 확률이 얼마나 될까? 로또나 번개에 맞을 확률보다는 훨씬 낮을 게 분명하다.

"선행을 해라."

"선… 행?"

"선행을 할 때마다 그에 응당한 값어치를 포인트로 환산해서 적립해 줄 거야."

"뭐?"

"링크라는 이름의 포인트인데, 넌 그것으로 데브게니안 대륙에서 죽은 영혼의 힘을 살 수 있어. 싸구려 영혼의 힘일수록 적은 링크로 살 수 있지. 반대로 말하자면 강한 영혼의 힘은 많은 링크로 사야 한다는 건 알 수 있을 거고."

"잠깐."

난 고양이의 말을 막았다.

"내가 왜 선행을 해서, 링크인지 뭔지를 왜 모아야 하고, 그걸로 영혼의 힘을 왜 사야 하는 건데?"

녀석이 씩 웃었다.

"그 영혼의 힘은 네 것이 될 테니까. 죽은 영혼들이 살아생전 갖고 있던 능력 중 가장 뛰어난 것이 네 것이 된다고."

"영혼의 능력이… 내 게 된다고?"

"싸움질을 잘하던 영혼이라면 싸움의 기술이, 똑똑한 영혼이라면 그의 두뇌가! 요리사였던 영혼이라면 끝내주는 손맛이! 음유시인의 영혼이라면 노래 솜씨가! 그 모든 게 네 것이 될 수 있단 말이야."

"……!"

이건… 확실히 구미가 당기는 말이다.

그 어마어마한 능력들이 다 내 것이 될 수 있다고?

특별히 잘하는 것도, 잘난 것도 없는 내가 그런 만능형 인간이 될 수 있다는 거야?

"그럼 혹시… 의술에 뛰어났던 영혼도 있을까?"

"그건 장담할 수 없어. 네가 링크를 모아 영혼을 하나둘 사면서 확인해 봐."

"그래……."

만약 현대의 의학을 뛰어넘는 의술을 손에 넣을 수 있다면, 그게 내 능력이 된다면.

난 엄마의 병을 고칠 수 있을지도 모른다.

검은 고양이… 아니, 카시아스는 지구에서 상식적으로 말이 되지 않는, 기적 같은 일들을 보여주고 있다.

일단 다른 세상의 존재가 지구로 넘어왔다는 것 자체가 기적이다.

그리고 고양이가 말을 하는 것도, 불길을 일으켰다 없애는 것도, 이 세상의 관점에서 보면 기적과 다름없다.

그러니 이 세상에서 고치기 힘든 병도 카시아스가 살던 세상의 힘을 얻는다면 충분히 고칠 수 있을지 모른다.

여태껏 난 어둠으로 가득한, 끝이 없는 터널을 하염없이 걷는 듯했다.

그런데 그 터널의 끝에 희미한 빛이 보이기 시작했다.

난 그 빛을 놓치기 싫다.

잡고 싶다.

"새로운 인간으로 거듭날 수 있어. 내가 하자는 대로 하면."

하지만 정말 괜찮은 걸까?

세상 모든 일이 얻는 것이 있으면 잃는 것도 있게 마련이다.

"내가 잃게 되는 건 없어?"

"있지."

"그게 뭐지?"

"더 이상 너는 네가 속한 세계에서 평범하게 살 수 없을 거다."

"뭐? 그게 다야?"

그게 리스크가 될 수 있는 건가?

"평범함이 사라진다는 것, 그게 얼마나 힘들고 피곤한 일인지 너는 아직 몰라. 큰 힘엔 큰 사건이 꼬이고, 큰 대가가 따르게 마련이다. 그 대가는 좋은 일일 수도, 나쁜 일일 수도 있겠지."

그렇게 말하니 고민이 된다.

아직 내가 겪어보지 못한 삶을 고양이는 얘기하고 있었다.

하지만 어차피 지금도 평범과는 거리가 먼 생활을 하고 있잖은가?

'더 나빠질 것도 없어.'

"계약하겠나?"

그래, 끝까지 한번 가보자.

난 고개를 끄덕였다.

"하겠어."

"돌이킬 수 없다."

"돌이킬 생각 없어. 어차피 이대로 살아봤자 나아질 건 아무것도 없어."

"좋군."

카시아스의 앞발이 내 뺨에 닿았다.

푹.

"윽."

녀석이 발톱 하나를 세워 살을 살짝 뚫었다.

그리고는 반대쪽 발을 제 입으로 물어 피를 냈다.

피가 난 카시아스의 발이 상처 난 내 뺨에 닿았다.

우리 둘의 피가 섞였다.

내가 무얼 하는 거냐고 물을 새도 없이 카시아스가 입을 열었다.

"계약을 시작한다."

"계약?"

"이제 너와 나는 피의 맹약을 맺게 된다. 넌 레이브란데의 인과율에 따라 선행을 쌓을 때마다 링크를 얻을 것이며, 그것으로 영혼의 힘을 살 수 있다."

카시아스의 말이 끝나자마자 눈앞에 환한 빛이 일었다.

또 한 번의 기적이다.

빛은 찰나지간 사라졌다.

이후에는 아무런 느낌도 없었다.

지금 뭘 한 거지?

"계약이 무사히 맺어졌다."

"겨우… 이걸로?"

뭔가 뒤가 개운치 않은 기분이다.

그리고 계약을 하는 와중 이해 못할 말이 있었다.

"레이브란데의 인과율은 뭐야?"

"내가 네게 사용하려 하는 이 마법을 만든 자의 이름이 레이브란데. 그가 만든 마법의 이름이 인과율이다."

"그럼 지금 네가 나한테 마법을 사용했다는 거야?"

"그래."

이제부터 내가 선행을 쌓으면 새로운 인생을 살아갈 기회가 주어지는 거란 말이지?

그렇게 생각하고 있는데 카시아스가 앞발을 쭉 내밀었다.

"첫 번째 선행이다. 저 앞에 저거 보여?"

"뭐?"

"열 걸음 앞에. 바닥에 놓인 저거."

"열 걸음 앞……."

내 시선이 길바닥을 훑다가 어느 한 지점에서 멈췄다.

거기엔 차마 오래 쳐다보기 힘든 무언가가 덩그러니 놓여 있었다.

"혹시……."

"그래, 그 혹시다. 저 개똥을 치워라."

"……."

뭐, 이런 개똥 같은 경우가.

"저걸 치우라고?"

"선행해야지."

나는 집안에서 동물을 길러본 적이 없다.

그렇기에 동물의 변을 치워본 적 또한 없다.

내 평생 하지 않아도 될 줄 알았던 일을 지금 하게 생겼다.

"빨리 선행해."

카시아스가 꼬리로 내 뒤통수를 탁탁 때렸다.

학교에서는 빵 셔틀.

지금은 선행 셔틀이 된 기분이다

Chapter 2
선행, 그리고 선행

우리 집은 작은 마당이 딸린 낡은 집이다.

집엔 아무도 없었다.

엄마는 병원에 계시고 아버지는 아직 가게에서 돌아오지 않으셨다.

누나는 직장에 나갔을 시간이다.

난 비닐봉지를 챙겨 밖으로 나왔다.

그리고.

"으."

억지로 개똥을 비닐봉지에 담고, 입구를 꽉 묶었다.

카시아스는 그때까지도 내 머리 위에 올라타 있었다.

"이제 됐지?"

"잘했다."

그 순간.

띠링!

이상한 기계음이 머릿속에 울렸다.

이어, 다정한 여인의 음성이 들려왔다.

—개똥을 치웠네요~? 비위도 참 좋으셔요~ 선행을 쌓아 1링크가 주어집니다.

"뭐, 뭐야?"

소스라치게 놀라 뒤로 넘어질 뻔했다.

카시아스가 꼬리로 내 뒷목을 탁! 치지 않았다면 그대로 엉덩방아를 찧었을 것이다.

"네가 선행을 쌓아서 링크를 획득한 거야."

선행을 쌓으면 무언가를 적립해 준다 그랬었지.

그나저나 정말로 선행을 하니 뭔가를 주는구나.

근데 이걸로 뭘 하라는 거지?

"링크를 모아서 영혼의 힘을 사는 거다. 하지만 일단은 다른 것부터 하자."

"뭘 하면 돼?"

"마인드 탭(Mind Tap)이라고 말해봐."

마음? 정신? 아무튼 그런 걸 두드린다고?

그게 뭘 의미하는 건지는 잘 모르겠으나 일단 시키는 대로 했다.

"마인드 탭."

내가 말을 하자마자 눈앞에 이상한 것들이 떠올랐다.

그것은 마치 온라인 게임을 할 때 캐릭터의 상태를 알려주는 상태 창 같았다.

"진짜 귀신이 곡할 노릇이네……."

"그건 네 현 상태를 네게 가장 익숙한 활자를 통해 보여주는 기능이다. 쭉 살펴봐."

> 이름 : 유지웅
>
> 소속 : 지구, 대한민국
>
> 성별 : 남
>
> 나이 : 19
>
> 영력 : 1
>
> 아티팩트 소켓 0/1
>
> 보유 링크 : 1

"마법이라는 거… 진짜 엄청나구나."

그런데 영력이랑 아티팩트 소켓은 뭐야?

"이름, 소속, 성별, 나이는 설명이 필요 없을 테고. 영력(靈力)이 뭔지부터 알려주지. 영력의 수치가 높을수록 넌 더 뛰어난 영혼의 힘을 받아들일 수 있게 된다. 단순히 링크만 많이 모은다고 영혼을 살 수 있는 게 아니야."

"좀 더 쉽게 설명해 봐."

"그러니까 네가 사고 싶은 영혼이 10링크라고 치자. 그런데 그 영혼의 힘을 받아들이는 데 필요한 영력은 2야. 이럴 경우 너한테 10링크라는 돈이 있지만 영력이 1이라면 그 영혼을 사봤자 힘은 받아들일 수 없다는 거지."

"간단치가 않네."

"어려울 것도 없다. 영력도 링크를 사용해 업그레이드시키는 게 가능하니까. 한 가지 더. 네가 받아들인 영혼의 기술 중 몇 가지는 사용하는 데 영력이 소모된다."

머리가 아파오려고 한다.

"그것도 더 쉽게 설명 부탁할게."

"상대방에게 치명타를 입히는 일격필살의 공격기 같은 것을 얻게 됐다고 치자. 그런데 그 공격기를 사용하는 데 필요한 영력이 1이라면, 넌 1의 영력을 소모해야만 공격기를 현실에서 시전할 수 있다는 말이다."

“그럼 애써 링크를 써서 업그레이드시킨 영력이 그런 식으로 사라질 수도 있다는 거야?”

“그렇게 소모한 영력은 1분이 지나면 다시 차오른다.”

“정말로 게임 같은 시스템이네.”

“게임이 아니라, 현실적인 네 영력의 크기를 수치로 표현한 것뿐이다. 세상 모든 사람의 영력은 사실 제로에 가깝지. 한데 넌 레이브란데의 인과율을 받아들임으로써 1이라는 영력을 갖게 된 것이고.”

영력이 커지다 보면 나중에 귀신도 보는 건 아닌지 모르겠다.

“알았어. 아티팩트 소켓은 뭐야?”

“네가 링크로 살 수 있는 건 영혼의 힘뿐만이 아니야. 레이브란데가 살아생전 차곡차곡 모아놓았던 아티팩트도 살 수 있지.”

지금 나랑 스피드 퀴즈 하자는 거지?

“아티팩트는 뭔데.”

“마법의 힘이 담긴 물건이다.”

판타지 영화를 보면 주인공이 마법의 반지를 얻어 거인의 힘을 얻기도 하고, 하늘을 날아다니기도 한다.

해리 포터에서도 주인공이 요술 망토를 얻어 몸이 투명해진다.

아티팩트란 아무래도 그런 힘이 담긴 물건을 말하는 것 같았다.

"한마디로 선행을 해서 모은 링크로 영력을 늘릴 수도, 영혼의 힘과 아티팩트를 살 수도 있다 이거지?"

"그래."

"사야 할 게 정말 많네."

"그러니까 열심히 선행을 해야지. 네가 더 큰 선행을 할수록 많은 링크가 들어올 거야."

"…알았어."

고생길이 눈앞에 훤해지는 기분이다.

그냥 봐도 많은 링크를 얻어야 인생 역전의 활로가 열린다는 걸 알 수 있는 구조다.

그런데 선행이라는 게 말처럼 쉽진 않다.

그리고 선행의 기준도 확실히 모르겠다.

사실 선행이라는 것 자체가 애매모호하다.

내가 선행이라고 하는 일이 누군가에겐 선행이 아닐 수도 있기 때문이다.

'머리 복잡하네.'

심각한 고민에 빠져 고개만 갸우뚱거리고 있는데, 카시아스가 내게 말했다.

"일단은 네가 얻은 링크로 영력부터 늘리자. 마인드 탭에 보이는 영력을 터치해 봐."

손을 뻗어 영력이라는 글자를 살짝 건드렸다.

마치 허공에다 손을 뻗는 기분이었다.

아니, 그게 맞을 거다.

지금의 마인드 탭은 내 눈에만 보일 테니 말이다.

팅.

맑은 소리와 함께 영력이 밝게 빛났다.

곧, 영력이란 글귀가 위로 올라가며 다른 글자들을 지워 버렸다.

이어, 아래로 이런 안내가 나타났다.

영력 : 1

영력을 2로 업그레이드하시겠습니까?

업그레이드 비용은 1링크입니다.

[Yes/No]

"업그레이드 해."

"알았어."

난 'Yes' 에 손을 가져갔다.

팅.

이번에도 맑은 소리와 함께 'Yes' 가 밝게 빛났다.

그 빛은 삽시간에 내 시야를 가득 잡아먹고서 사라졌다.

다시 눈앞에 나타난 마인드 탭엔 이렇게 적혀 있었다.

> **영력 : 2**
>
> 영력을 3으로 업그레이드하시겠습니까?
>
> 업그레이드 비용은 3링크입니다.
>
> [Yes/No]

"된 거지?"

"잘했다."

"그런데 3으로 업그레이드할 땐 비용이 더 드네."

"그 비용은 계속해서 늘어날 거야. 그러니 먹고 자고 싸는 시간 외엔 선행을 열심히 해라."

"그 노예 부리듯 말하는 것 좀 어떻게 안 될까?"

"시끄럽다."

탁!

카시아스가 꼬리로 내 뒷목을 쳤다.

이거 은근히 기분 나쁘네.

태진이가 뒤통수를 때릴 때와 비슷한 느낌이다.

"근데… 영혼의 힘은 얼마나 해? 비싸겠지?"

"능력치에 따라 천차만별이다. 우선은 가장 싼 것부터

사자.”

“얼마나 하는데?”

“5링크.”

“초반부터 5링크? 그럼 선행을 다섯 번 해야 하는 건가?”

“개똥만 다섯 번 치울래?”

“누가 동네 개똥 청소부인 줄 알아?”

“선행의 크기에 따라 들어오는 링크의 값은 달라진다.”

“그 크기라는 건 대체 어떤 기준인 건데?”

“나도 확실히 모른다.”

“모른다니?”

“이 마법은 내가 만든 게 아니다. 레이브란데가 만든 거지. 그가 선행에 어떤 기준을 두고 링크의 값을 매겼는지는 알 수 없다. 이 마법은 네게 처음으로 시전한 것이니까.”

“답답하네. 그럼 그 레이브란데가 멋대로 정한 기준값과 엇나가는 선행을 하면 인정되지 않을 수도 있다는 거잖아?”

“붕어 대가리는 아니군.”

역시 내가 걱정했던 부분이 문제로 대두됐다.

영력이 쌓이는 선행의 기준을 모르면 효율적으로 행동할 수가 없다.

기껏 힘든 선행을 해봤더니 포인트 하나 주어지지 않고 시간만 허비할지도 모를 일이다.

주변을 둘러봤다.

뒤편에 누가 다 먹고 버린 하드 막대가 보였다.

내가 그것을 주우려 하자 카시아스가 비웃었다.

“과연.”

“시끄러워.”

하드 막대를 주웠다. 그리고 기다렸다. 하지만 좀 전 같은 기계음은 들려오지 않았다.

“이건 선행으로 쳐주질 않네.”

개똥도 버려진 것이고, 하드 막대도 버려진 것이다.

똑같이 버려진 것을 주웠는데 왜 반응이 없는 것일까?

“선행의 법칙에 대해서는 차차 알아가기로 하지. 그보다 차라도 한잔 대접하지 그래?”

…고양이 주제에.

* * *

카시아스는 자기 앞에 놓인 접시를 뚫어져라 바라봤다.

“이게 뭐지?”

“뭐긴 뭐야, 우유지.”

“난 차를 내오라 했을 텐데.”

“고양이가 차를 어떻게 마셔? 고양이 혓바닥은 뜨거운 걸

못 견디잖아. 그리고 찻잔은 어떻게 잡을래? 접시에 우유 따라준 것만도 감지덕지하라고."

속 시원하다.

카시아스가 내게 해를 끼친 건 아니다.

아니, 오히려 카시아스의 말대로만 된다면 그는 내게 엄청난 은인과 다름없다.

하지만 그놈의 고압적인 자세는 왠지 계속 얄미웠다.

그래서 소심한 복수를 했다.

난 미소를 머금고 찻잔을 들어 올렸다.

찻잔에 담긴 녹차의 향이 코끝을 자극했다.

"향 좋다."

그런데 이상한 일이 일어났다.

들고 있던 찻잔이 갑자기 자의식이라도 찾은 듯 내 손을 벗어났다.

"어?"

찻잔이 난다!

찻잔은 허공을 두둥실 날아서 카시아스의 얼굴 앞에 멈췄다.

그리고 살짝 기울어지더니 카시아스의 입에 차를 흘려 넣었다.

마치 보이지 않는 손이 찻잔을 들고 있는 것 같았다.

"흠. 싸구려 티백 맛이군."

남의 차를 뺏어 먹고 독설을 한 카시아스가 거실을 둘러봤다.

"이런 집에서 살고 싶나?"

"이런 집이 뭐 어때서?"

라고 말하는 순간.

우다다다다다!

지붕에서 쥐 여러 마리가 달리기 시합을 했다.

"……."

사실 우리 집은 엄청나게 낡았다.

보증금 500에 월 15만 원.

그래도 이 가격에 거실 하나, 방 두 개, 화장실 하나, 넓은 마당이 있다는 것에 만족하며 살아왔다.

한데 이번 달부터 집세를 20만 원으로 올려달라는 바람에 머리에 쥐가 날 지경이다.

아까도 말했지만 우리 가족은 아빠와 누나가 벌어오는 돈이 병원비를 감당 못해 빚이 산더미다.

그래서 나도 한 달 전부터 아르바이트를 하며 아버지를 돕고 있는 실정이다.

사실 아르바이트 자리를 구하는 것도 내겐 난관이었다.

빵 셔틀이라는 꼬리표를 달게 된 이후로 위축된 삶을 살다 보니 어느 가게에서도 나를 쓰려 하지 않았다.

그런데 맘씨 좋은 점장님을 만나 운 좋게도 알바 자리를 구하게 된 것이다.

거리도 가깝다.

집에서 1킬로미터 남짓 떨어진 편의점이었다.

난 거기서 오후 6시부터 10시까지 알바를 한다.

사실 고등학생의 경우 이런 데서 알바를 하면 시간당 최저임금을 받지 못하는 게 다반사다.

하지만 우리 점장님은 최저임금을 지켜주셔서 달에 45만원 정도는 아버지 손에 쥐어드릴 수 있었다.

편의점 점장님은 그야말로 '정도를 걷자!' 가 신조인 분이다.

정도가 아니면 걷지 말 것이며, 불의를 보면 참지 않아야 하고, 의리를 저버리는 건 사람이 할 도리가 아니라 말하시는 분이다.

나는 그런 점장님을 좋아한다.

지금은 5시 40분.

이제 슬슬 편의점으로 나가봐야 할 때였다.

"카시아스, 나 알바하러 가야 돼."

"편의점 알바 그딴 거 때려치고 선행이나 더 해."

"내가 편의점 알바 한다는 걸 어떻게 알았어?"

"그동안 지켜봤으니까."

하긴 처음 대면하자마자 내게 돈이 필요하다는 걸 다 알고 있었지.

"진짜 스토커가 따로 없네."

알바나 가자.

* * *

쫄래쫄래쫄래쫄래.

이거 은근히 신경 쓰인다.

신경을 쓰지 않으려고 해도, 그럴 수 없게 만든다.

카시아스는 가증스럽게도 평범한 고양이인 척하며 내 뒤를 따라오고 있었다.

동네 골목길을 나와 횡단보도까지 걸어가는데도 계속 쫓아왔다.

결국 난 참지 못하고서 녀석에게 버럭 소리쳤다.

"제발 알바는 좀 편한 마음으로 가자! 스토커도 아니고 뭐 하는 짓이야, 이게!"

그때 엄마 손을 잡고 내 옆을 지나가던 아이가 빼액! 하고 울음을 터뜨렸다.

"엄마~ 저 오빠 고양이한테 화내~! 흐어엉!"

"동물 가여운 줄 모르고, 쯧쯧."

모녀는 내 곁에서 후다닥 멀어졌다.

입을 쩍 벌리고 어버버거리는 날 보며 카시아스는 히죽거렸다.

"관두자. 싸워서 뭐하냐."

체념하고서 횡단보도의 신호가 바뀌길 기다렸다.

편의점에 가려면 여기를 건너야 한다.

건너자마자 오른쪽 모퉁이를 돌면 바로 편의점이 나온다.

그나저나 여기 신호는 은근히 길단 말야.

지루함에 열심히 눈 운동만 하는데, 저 멀리서 깡마른 할아버지가 폐품이 가득 실린 수레를 힘들게 밀고 오는 게 보였다.

난 그 광경을 별생각 없이 지켜봤다.

그러다 수레가 내게 가까워졌을 무렵, 신호등의 보행 신호가 들어왔다.

내가 먼저 횡단보도를 건너는데 카시아스가 꼬리로 뒷목을 탁 때렸다.

"왜?"

"선행해야지. 저 할아버지 지금 저 속도로 수레 끌다간 신호 바뀌기 전에 못 건넌다."

"신호 바뀌기 전에 못 건널 걸 미리 예측해서 도와주라고? 그게 선행이야?"

"꼭 그게 아니더라도 무거운 수레 끌며 힘들어하는데 밀어 주면 그게 선행이지."

듣고 보니 그러네.

"알았어."

난 뒤돌아 할아버지에게 다가갔다.

그런데…….

"저기……."

"으응?"

말이 잘 안 나온다.

한 달 동안 편의점 알바 하면서 얼굴이 많이 두꺼워졌다고 생각했는데, 아닌 모양이다.

평소에 하지도 않던 짓을 하려니 괜히 몸이 배배 꼬인다.

괜히 말 걸었다가 오지랖 떨지 말라고 욕먹으면 어쩌지?

"제, 제가 도와드릴게요!"

"이잉?"

할아버지가 수레를 끌다 말고 놀라서 날 바라봤다.

"수, 수레 밀어드리겠다구요."

"에헤이~ 됐어요, 됐어. 괜찮아요."

말은 그렇게 하지만 할아버지의 얼굴엔 웃음꽃이 폈다.

그 미소 덕분에 나도 용기가 생겼다.

"사양 않으셔도 돼요~"

난 수레 꽁지로 가서 힘껏 밀어드리려고 했다. 그런데 이미 수레를 밀고 있는 사람이 있었다.

"도와줘서 고마워요, 형아~"

"…어, 그래."

당황했다.

내게 인사를 건넨 건 열 살 정도 되어 보이는 사내아이였다.

할아버지 혼자서 미는 게 아니었구나.

해맑게 미소 짓는 아이의 얼굴을 보고 있자니 괜히 가슴이 뭉클했다.

"자, 형이 도와줄게. 으랏차!"

갑자기 없던 힘이 불끈 솟는다!

아이의 옆에서 수레를 힘껏 밀었다.

수레가 전보다 빠르게 앞으로 나갔다.

횡단보도의 신호가 바뀌기 전에 무사히 건너편 인도로 넘어왔다.

원래는 여기까지만 도와줄 생각이었지만, 가는 방향이 내가 가려는 곳과 같았다.

그래서 편의점 앞까지 계속 밀었다.

"할아버지, 제가 이제 아르바이트를 가야 해서요."

"아이고~ 여까지 밀어준 것만두 고마워요. 청년이 요새 사람 같지가 않네~ 복 받을 거예요~"

"형아! 감사합니다!"

할아버지와 아이는 내게 인사를 건네고 다시 수레를 끌고, 밀며 앞으로 나갔다.

난 멀어지는 수레를 가만히 서서 바라보았다.

그때, 누군가 내 어깨를 툭 쳤다. 고개를 돌려보니 우리 옆집에 사는 김치 아주머니였다. 김치 아주머니는 김장을 할 때마다 동네 친분이 있는 사람들한테 김치를 돌린다.

그래서 모두 아주머니를 김치 아주머니라고 부른다.

"아, 김치 아주머니. 안녕하세요."

"지웅아~ 좀 멋있다?"

"네?"

"수레 말이야. 뒤따라오면서 보니까 어린것이 할아버지 돕겠다고 수레에 매달려 낑낑대는 게 측은해서 내가 도와줄라 그랬는데, 참 좋은 일 했어."

"아뇨, 뭐……."

"다음번에 김장하면 지웅이네 특별히 더 많이 가져다줄게."

"가, 감사합니다."

"알바 가는 거지? 열심히 해~!"

"네, 안녕히 가세요."

김치 아주머니가 몸집만큼 푸짐한 미소를 남기고서 갔다.

동시에.

띠링!

기계음이 머릿속에 울리고.

―수레를 밀어주었네요? 참 잘했어요~ 선행을 쌓아 3링크가 주어집니다.

이어 친절한 여인의 목소리가 들렸다.

"3링크!"

"흐음. 한 번에 3링크라니, 횡재했군."

"마인드 탭!"

바로 마인드 탭을 띄웠다.

이름 : 유지웅

소속 : 지구, 대한민국

성별 : 남

나이 : 19

영력 : 2

아티팩트 소켓 0/1

보유 링크 : 3

마인드 탭에 표시된 3이라는 숫자가 참 흐뭇하다.

"흐흐흐."

기분이 참 오묘했다.

마치 한 달 동안 열심히 일한 후 알바비를 받는 것만큼이나 기뻤다.

가장 싸구려 영혼의 힘이 5링크라 그랬지?

이제 2링크만 더 채우면 하나를 살 수 있다.

과연 어떤 힘을 가지게 될까?

생각만해도 가슴이 두근거린다.

"으흐흐흐흐."

"지웅아, 어디 아프면 하루 쉬어라! 정신이 지쳤을 땐 쉬어 주는 것이 정신에 대한 의리! 스스로의 몸을 아껴주는 것 또한 정도의 길이다!"

"저, 점장님!"

언제 나오신 거야?

점장님은 부리부리한 눈으로 날 바라보며 한 손의 주먹을 꽉 쥐고서 입을 앙다물었다.

"아니에요, 점장님. 괜찮아요."

"정말 괜찮은 거냐?"

"그럼요."

"착실한 알바가 괜찮다고 하면 믿어주는 것 또한 의리! 널 믿고 난 퇴근하겠다!"

"네~ 걱정 놓으세요."

점장님은 이미 편의점 유니폼을 벗고 정장 재킷을 걸친 차림이었다.

"그럼 네 시간 동안 편의점의 안녕을 부탁한다!"

"들어가세요."

점장님은 후다닥 편의점을 나가 주차장으로 달려가셨다.

부아아아앙!

곧 시끄러운 소리와 함께 도로에 나선 점장님의 애마 스파크가 빠르게 멀어져 갔다.

"오늘도 술 약속 있으시구나."

점장님이 서두를 땐 꼭 술 약속이 있을 때다.

그런데 술을 진탕 드시고 난 다음 날이면 꼭…….

"절제해서 드시겠지, 뭐."

난 내 일이나 열심히 하자.

* * *

띠링! 띠링!

—백 원이 모자라 사탕을 못 사 먹는 아이에게 백 원을 보태주어요~ 선행을 쌓아 1링크가 주어집니다.

—지갑을 두고 간 손님에게 지갑을 갖다 주었네요? 선행을 쌓아 1링크가 주어집니다.

"됐다!"

편의점 아르바이트가 끝나갈 무렵, 드디어 5링크를 다 모을 수 있었다.

"알바도 하고 링크도 벌고 일석이조네."

알바를 하다 보니 종종 손님에게 도움이 필요한 상황이 벌어지곤 했다.

"드디어 5링크를 다 모았군."

카운터 밑에 웅크려 있던 카시아스가 계산대 위로 폴짝 뛰어올랐다.

"이제 영혼의 힘을 사라."

"어떻게 사는 건데?"

나도 얼른 사고 싶어 죽겠으니 방법을 토해내라, 깜장 고양아!

"소울 커넥트(Soul Connect)라고 말해."

"소울 커넥트."

카시아스가 말하는 대로 따라 외쳤다.

그런데 이거 은근히 쪽팔린다.

마인드 탭을 외칠 때도 그렇지만 소울 커넥트란 단어를 외칠 때는 더 부끄럽다.

누구 보는 사람이 있는 것도 아닌데, 괜히 손발이 간지럽다.

나도 모르게 오그라든 손을 천천히 펴고 있는데.

"어?"

주변의 광경이 일그러지더니 우르르 무너져 내렸다.

이윽고 모든 것이 사라진 공간엔 어둠만이 가득했다.

"여긴 뭐야?"

"영혼을 살 수 있는 곳, 소울 스토어(Soul Store)다."

카시아스의 설명과 함께 희미하게 빛나는 빛 덩어리 세 개가 나타났다.

덩어리들은 하나하나가 내 머리통만 했다.

"이 불 도깨비 같은 것들이 영혼이야?"

"그래. 지금 네 수중에 있는 링크로 살 수 있는 영혼 세 개다. 다 5링크짜리지."

샤라라라랑—

머릿속에서 산뜻한 효과음이 들렸다. 그리고 낯선 남자의 음성이 이어졌다.

"어서 오세요, 유지웅 님. 소울 스토어는 처음이시죠? 제

소개를 하죠."

세 개의 영혼 앞에 갑자기 검은 정장을 차려 입은 미남자가 나타났다.

또렷한 이목구비에 작은 얼굴, 시원시원하게 뻗은 팔과 다리, 새하얀 피부. 그리고 어깨까지 기른 보랏빛 머리카락과 붉은 눈동자.

마지막으로 사람 좋은 미소가 매력적인 사내였다.

그가 한 손을 배에 대고 허리를 숙여 인사했다.

"라헬이라고 합니다. 소울 스토어에 온 걸 환영해요."

라헬.

외모와 참 잘 어울리는 이름이었다.

"소울 스토어에서는 지웅 님께서 소지한 링크로 영혼의 힘을 구입하실 수 있어요. 지금 지웅 님이 소지한 건 5링크이므로 이 옆에 있는 세 영혼 중 하나의 힘을 살 수 있죠. 모두 1의 영력을 필요로 하니 영력이 모자라 구매 못 하는 일은 없으실 거예요. 그런데 이 영혼들의 빛은 매우 약하죠? 빛이 강렬하고 맑을수록 더욱 강한 힘을 지닌 영혼이라는 뜻이에요. 우선 이 영혼들을 하나하나 소개해 드릴게요. 첫 번째 영혼의 이름은 파펠."

라헬이 가장 왼쪽 영혼을 가리켰다.

"파펠은 남들보다 뛰어난 청력을 가진 이였죠. 어느 정도

였냐면 신경을 집중할 경우, 개미 발걸음 소리까지 들을 수 있었다고 해요. 아울러 주변에서 들리는 잡다한 소리 중, 자신이 원하는 소리를 골라 더욱 자세히 들을 수도 있었답니다."

그거 아주 초인적인 능력이네.

가히 소머즈나 육백만 불의 사나이 급이다.

"두 번째 영혼의 이름은 소라스."

라헬이 가운데 있는 영혼을 가리켰다.

"소라스의 능력 중 가장 뛰어났던 건 강인한 육신이라고 할 수 있겠네요. 그만큼 맷집도 뛰어났죠. 힘도 제법인데 그에 비해 민첩성은 그리 좋지 않았어요. 종합적으로 판단해 보자면 데브게니안 대륙에선 겨우 삼류 무사에 턱걸이하는 수준이었죠."

어째… 저렇게 말하니까 엄청나게 안 땡긴다.

게다가 소라스의 능력을 설명하는 라헬의 표정도 떨떠름하다.

"마지막 세 번째 영혼의 이름은 라모나."

라헬이 가장 오른쪽 영혼을 가리켰다.

"라모나의 가장 뛰어난 능력은 자가 치유 능력이었어요. 그만큼 그녀는 죽음의 위기에서 여러 번 살아나기도 했죠. 이건 라모나의 가문 사람들에게 이어져 내려오는 하나의 특징이었죠. 복부 깊이 칼이 들어와도 응급처치만 해두고 사흘이면 깨끗하게 나아버릴 만큼 자가 치유력이 어마어마하답니다."

우와, 무슨 엑스맨을 보는 것만 같다.

사실 지구에도 초능력자들이 존재한다는 말이 돌긴 한다.

그러나 난 지금껏 그런 초능력자들을 직접 본 적이 없었다.

초능력자들은 늘 SF판타지 영화나 소설, 만화 속에서만 접했었다.

그런데 지금 내가 초능력자들과 비슷한 입장이 되려는 순간에 서 있었다.

"파펠, 소라스, 라모나. 어떤 영혼의 능력을 사시겠어요?"

라헬의 미소가 더욱 짙어졌다.

"으음."

이거 참 고민되는 일이다.

일단 소라스는 제외.

라헬도 소라스의 능력을 설명할 땐 영 표정이 좋지 않았다.

그럼 남은 건 파펠과 라모나인데, 파펠의 능력은 뛰어난 청력, 라모나는 일반인보다 월등한 자가 치유 능력이다.

그럼 내게 필요한 건 무엇일까.

"혹시 자가 치유 능력이라는 걸로 다른 사람도 치유할 수 있어?"

"아니요. 말 그대로 '자가' 치유 능력이라 그건 불가능해요."

그렇군.

괜한 기대였나?

이제 겨우 가장 싼 능력을 살 수 있게 된 건데, 너무 큰 걸 바란 모양이다.

그 능력이 남도 치유할 수 있다면 엄마에게 사용해도 되지 않을까 생각했었다.

불가능하겠지.

아무튼 그렇다 해도 세 가지 중에 가장 매력적인 능력인 것은 맞다.

"결정했어. 난 라모나의 능력을……."

라헬의 입꼬리가 양쪽 귀에 걸렸다.

그런데.

퍽!

"윽."

카시아스가 뛰어올라 꼬리로 내 울대를 때렸다.

덕분에 난 말을 다 잇지 못했다.

"왜 이래?"

카시아스는 어느새 내 어깨에 올라탔다.

그리고 말했다.

"그건 지금 너한테 가장 필요한 능력이 아니야."

"그럼, 파펠?"

"그딴 거 가져서 뭐할래? 어차피 학교에서 다른 아이들이 너 몰래 하는 얘기라곤 네 흉보는 게 다일 텐데."

…딱히 틀린 말이 아닌지라 반박할 수 없다는 게 슬프다.

"그럼 설마 소라스?"

"바로 그 설마야."

순간 라헬이 미소 띤 얼굴로 카시아스를 노려보았다. 어떻게 저런 표정이 가능하지? 눈이랑 입이 완전히 따로 논다. 섬뜩하다 못해 그로테스크할 정도다. 아무튼 기분이 상한 모양인데, 나도 라헬의 심정 이해한다. 애써 좋은 거 추천해 줬는데, 이상한 거 사라 그러니까 기분 나쁠 만하지.

"하지만 라헬이 소라스의 능력은 별로라잖아. 맷집이랑 힘이 좀 센 게 다라는데."

"그건 데브게니안 기준에서지. 데브게니안의 삼류 무사가 지구에 오면 효도르 급은 될 거다."

"저, 정말이야?"

"그래."

자기 치유 능력이 딱히 엄마의 병환 치료에 도움 되는 것이 아니라면 효도르가 되는 게 더 나을 듯 했다.

"그럼… 소라스를……."

말을 하며 별생각 없이 라헬을 바라봤다.

그런데 라헬의 얼굴이 무섭게 일그러져 있었다.

부릅떠진 두 눈엔 핏발이 다닥다닥 일어났다.

"라, 라헬?"

"잘 선택하세요, 유지웅 씨. 한 번 선택하면 두 번 다시 되돌릴 수 없어요. 정말 소라스의 힘이 갖고 싶으세요? 네? 이 쓰레기 같은 능력이 갖고 싶단 말이에요?!"

이 녀석 봐라?

갑자기 이전과 분위기가 확 바뀌었다.

"신경 쓰지 말고 선택해라. 어차피 저건 허상 속의 캐릭터다. 레이브란데가 설정해 놓은 프로그램대로 움직이고 있는 거야. 지구로 따지자면 온라인 게임 속 NPC와 같은 거지."

레이브란데란 작자는 괴짜 혹은 사이코일 것이다.

이런 괴이한 마법을 만들었다는 것 자체가 정상은 아니다.

"소라스를 사겠어."

"칫, 안 넘어가네."

안 넘어가네?

그럼 저 녀석, 내가 가장 좋은 영혼의 힘을 사지 못하게 방해했던 거란 말야?

괘씸함에 미간이 찌푸려지는 순간, 소라스의 영혼이 내 안으로 훅 빨려 들어왔다.

"어?"

짝짝짝.

라헬이 언제 그랬냐는 듯 방긋 웃는 얼굴로 박수를 쳐줬다.

"축하드립니다, 지웅 고객님. 소라스의 힘을 얻게 되었어요. 가장 좋은 영혼의 힘을 가지게 된 만큼 잘 사용하시길 바랄게요."

속 보인다.

"손님을 속이려 들다니, 건방지네."

"유지웅 님, 이제 링크 없으시죠? 땡전 한 푼 없는 거지는 손님이 아니므로 응대해 드리지 않아요. 안녕히 가세요."

라헬의 쌀쌀맞은 태도와 함께 어둠이 물러가고 다시 편의점 내부가 나타났다.

카시아스는 여전히 내 어깨에 앉아 있었다.

너무 갑자기 현실로 돌아와 버리는 바람에 어안이 벙벙했다.

"뭐야? 된 거야? 마인드 탭."

이름 : 유지웅

소속 : 지구, 대한민국

성별 : 남

나이 : 19

영력 : 2

아티팩트 소켓 0/1

보유 링크 : 0

보유 링크가 0인 걸 보니 확실히 영혼의 힘을 사긴 한 모양인데.

"뭐가 바뀐 건지를 모르겠네."

"네 몸을 더듬어봐."

"……."

"그런 눈으로 보지 말고 시키는 대로 해봐."

고양이 주제에 묘하게 거부 못 하도록 만드는 힘이 있다.

난 내 몸을 이곳저곳 더듬어보다가 느껴지는 이질감에 굳어버렸다.

"이거… 진짜 내 몸 맞아?"

"맞다."

믿을 수가 없었다.

근육이라고는 찾아볼 수가 없던 내 몸에 근육이 붙어 있었다.

난 상의를 위로 휙 들었다.

그러자 드러난 것은 반짝반짝 빛이 나는 초콜릿 복근, 빨래판 식스팩이었다.

그 위로 떡하니 자리 잡은 가슴은 넓고 탄탄했다. 조각을 해놓은 것 같다는 말은 이럴 때 쓰라고 있는 것 같았다.

뿐만 아니라 상의를 들어 올린 팔에도 잔 근육과 툭 불거진 힘줄들이 가득했다.

이두와 삼두는 말할 것도 없었다.

"장난 아니다……."

"네 힘도 전과 비교할 수 없을 만큼 강해졌을 거야."

그래, 효도르 급이라고 했었지?

"맷집 또한."

"하하하……! 소라스가 정답이었어."

"다음번에도 라헬에게 속는 일이 없도록 해. 영악한 놈이더군."

"그럴 거야."

처음에는 좋은 놈인 줄 알았더니만.

아무튼 지금은 아무래도 좋다.

이게 내 몸이라니.

이렇게 단단하고 탄력 넘치는 근육들이 내 몸에 가득하다니.

너무 갑자기 완벽한 몸으로 다시 태어난지라 직접 만지고 보면서도 믿기지 않았다.

근육이란 자고로 오랜 시간 운동을 해야 자리 잡히는 법이다.

그런데 난 그런 모든 과정을 건너뛰고 단지 선행을 해 쌓은 포인트만으로 이런 몸을 얻었다.

그것도 단 5링크로.

나중에 100링크 정도 되는 영혼의 힘을 사게 되면 얼마나 커다란 능력을 손에 넣을 수 있을까?

벌써부터 기대된다.

엄마의 병을 고치는 것도 꿈은 아닐 것이다.

"좋아! 앞으로 더!"

앞으로도 열심히 선행을 쌓아서 점점 더 좋은 능력을 얻는 거야.

그때.

딸랑.

아가씨가 들어왔고.

"어머나!"

"……."

상의를 들어 올린 날 보더니 얼굴을 붉히며 도로 나가 버렸다.

"푸하하하하하하! 아주 가관이구나! 아하하하하하하하!"

카시아스가 편의점 바닥에서 배를 붙잡고 데굴데굴 굴렀다.

뺑.

꼴 보기 싫어서 걷어찼다.

그때 마침 또 다른 손님이 들어왔고.

"어머, 지금 고양이 학대하시는 거예요?"

"……."

난 십 분 동안 손님에게 그건 오해라고 변명해야 했다.

손님이 나간 뒤, 카시아스는 또 포복절도했다.

내 팔자야.

Chapter 3
거듭나다

오후 9시 50분.

늘 이 시간이면 편의점 문이 힘차게 열린다.

딸랑—!

"지웅이, 좋은 밤~!"

그녀가 매장으로 들어서면 산뜻한 라임향이 퍼진다.

해맑은 웃음, 리드미컬한 걸음, 그에 맞춰 찰랑거리는 긴 생머리.

언제나 날 미소 짓게 만드는 그녀의 이름은 한유주.

희고 고운 얼굴에 큰 키는 아니지만 밸런스가 딱 잡혀 꽉

찬 느낌이 드는 몸매가 매력적인 누나다.

얼굴은 청순하지만 나올 곳 탄력 있게 나오고 들어갈 곳은 쏙 들어간 S라인의 몸매는 한참 혈기왕성할 남정네들의 상상력을 시도 때도 없이 자극하기에 부족함이 없다.

유주 누나는 청순함과 섹시함, 두 가지 매력을 겸비한 완벽한 여자다.

그러면 안 되지만 나도 19세 사내놈인지라 가끔 유주 누나를 보며 야릇한 상상을 하기도 한다.

그러다 보면 꿈속에서 나와 말로 차마 설명하기 힘든 관계를 나누기도 하고… 아무튼 그렇다.

유주 누나의 나이 올해로 스무 살.

나보다 한 살 연상이며 밤 10시부터 다음 날 아침 8시까지 편의점 야간 알바를 하고 있다.

물론 유주 누나 혼자서 알바를 하는 건 아니다.

야간 알바는 여자 혼자 하기엔 너무 위험하다. 게다가 유주 누나 같은 미인이 하기엔 더욱더.

취객들이 들어와 진상에 시비를 거는 일은 비일비재하고, 양아치 같은 놈들이 수작질을 부릴지도 모른다. 정말 재수가 없으면 강도한테 털릴 수도 있다.

하지만 유주 누나와 함께 일하는 인간은 매일같이 지각이다.

기본이 10분이다.

때문에 난 그 인간이 올 때까지 퇴근하지 못하고 유주 누나의 곁을 지킨다.

사실 둘이서만 있는 이 시간이 나쁘지 않다.

아니, 오히려 좋다.

사무실에서 녹색 유니폼을 걸친 유주 누나가 나왔다.

"별일 없었지?"

"네. 포스 두 대 다 현금 루즈 없어요."

"오케이~! 응? 어머나~!"

갑자기 카운터 바닥을 바라보던 유주 누나의 얼굴이 발그레해졌다.

"이게 누구야?"

유주 누나는 냅다 카시아스를 들어 올리더니 품에 안고 얼굴을 비벼댔다.

"어쩜~ 너무 예쁘다. 너 누구니?"

유주 누나는 마치 카시아스가 사람이라도 되는 양 이름을 물었다.

그런데 저 망할 고양이는 보통 고양이가 아니라 정말 대답할지도 모른다.

난 만약의 상황이 벌어지기 전에 선수를 쳤다.

"카, 카시아스예요!"

"카시아스?"

"네. 길냥이 같은데 절 따라오길래 어제부터 제가 키우기로 했어요."

"그랬구나~ 카시아스 안녕? 난 유주라고 해~! 앞으로 잘 부탁해!"

유주 누나가 카시아스를 더 꽉 끌어안았다.

그러자 유니폼으로도 가려지지 않는 누나의 풍만한 가슴이 카시아스의 전신을 확 덮쳤다.

'부러워!'

아까도 말했지만 유주 누나는 어디 내놔도 다른 여자들한테 빠지는 데가 없는 여인이다.

게다가 모태 솔로.

아직 단 한 번도 남자를 허락한 적 없는 만큼, 누나는 지켜줘야 한다.

그런데 누나의 가슴이 능구렁이 같은 카시아스의 전신을 짓누르고 있다.

내가 흥분해서 콧김을 팍팍 내뿜자니, 카시아스가 승리자의 눈으로 날 바라보며 피식 비웃었다.

'저, 망할 똥고양이가…!'

당장에라도 한 대 쥐어박고 싶은 심정이다.

딸랑.

그때 문이 열리며 손님이 들어섰다.

유주 누나는 카시아스를 얼른 바닥에 내려놨다.

“어서 오세요~”

카시아스 저놈은 아쉽다는 얼굴로 입맛을 다셨다.

“어이~ 담배 하나 줘봐.”

카운터로 다가온 20대 후반 정도 되어 보이는 남자 손님이 혀 꼬인 발음으로 말했다. 그에게선 알코올 냄새가 확 풍겼다.

“어떤 담배 드릴까요?”

유주 누나가 미소를 잃지 않고 물었다.

“어제 내가 사 간 거!”

진상 취객의 등장이다.

솔직히 난 이런 손님들이 무섭기도 하지만 짜증 난다.

그래서 전혀 표정 관리가 되질 않는다.

그러나 유주 누나는 여전히 웃는 얼굴로 그를 응대했다.

“죄송해요, 손님. 편의점에 오시는 분이 워낙 많으셔서 그렇게 일일이 기억을 할 수가 없어요. 어떤 담배 찾으시는데요?”

“지금 나한테 말대꾸하는 거야?”

남자가 인상을 확 구겼다.

가뜩이나 머리도 노란색으로 염색한 데다가 원체 험상궂

은 얼굴인데 저렇게 미간을 구기니 더 무서워 보인다.

꿀꺽.

마른침이 넘어간다.

하지만 유주 누나는 여전히 기가 꺾이지 않았다.

불의를 보면 그냥 넘어가지 않고, 불합리한 것을 참지 않는 여자가 바로 그녀다.

"손님, 어떤 담배 필요하신지 말씀해 주시겠어요?"

"야, 너 몇 살이냐?"

"개인 신상은 알려 드릴 수가 없어요. 담배 사지 않으실 거면 그만 나가주세요."

"아니, 근데 이 썅년이!"

녀석이 욕하며 오른손을 들어 올렸다.

그 모습에 태진이가 겹쳤다.

유주 누나는 눈 하나 깜짝 안 했다.

놈의 손이 매섭게 휘둘러질 때 까지도 두 눈을 부릅뜨고 피하지 않았다.

짜악!

살이 살을 때리는 소리가 났다.

그리고 내 뺨이 얼얼해졌다.

"지웅아!"

유주 누나의 놀란 음성이 내 귓전에서 울렸다.

나도 모르게 유주 누나를 밀치고 대신 뺨을 맞은 것이다.

어디서 이런 용기가 나온 건지 모를 일이다.

그저 유주 누나가 맞는 게 싫었다.

"이건 또 뭐… 씨팔, 정의의 사도 코스프레 하냐? 어디 비리비리한 새끼가!"

녀석이 이번엔 주먹을 날렸다.

퍽!

주먹은 정확히 뺨을 맞은 얼굴을 다시 한 번 가격했다.

내 고개가 옆으로 획 돌아갔다.

그런데 뺨을 맞았을 때만큼 살짝 얼얼할 뿐, 그 이상의 고통은 없었다.

여태껏 무수히 맞아온 태진이의 주먹에 비하자면 솜방망이가 따로 없었다.

'왜 이렇게 약해?'

갑자기 공포가 사라졌다.

아무리 술에 취했다 해도 분명 힘껏 휘두른 주먹이었을진대, 고작 이 정도라면 무서울 게 없었다.

툭.

무언가 내 바짓단을 쳐서 바라보니 카시아스의 꼬리였다.

녀석이 날 보며 씩 웃었다.

'…아, 그렇군.'

날 때린 주먹이 약한 게 아니다.

소라스의 힘 덕분에 내 육신이 전체적으로 강인해져 고통이 별로 없는 것이다.

"저기요."

자신감이 생기자 목소리에 힘이 들어갔다.

"저기요?"

내가 아무렇지 않자 놈은 살짝 당황하면서도 밀리지 않으려고 더욱 인상을 구겼다.

그래 봤자 하나도 안 무서워.

"방금 맞은 거 없던 일로 해드릴 테니까, 그냥 나가시죠?"

"지웅아?"

유주 누나가 적잖이 당황했다.

사실 나도 조금 어색해하는 중이다.

여태껏 난 누군가에게 이런 강압적인 어투로 얘기해본 적이 태어나서 한 번도 없었다.

하지만 티 내면 안 되지.

"너 진짜 죽고 싶냐?"

꼭 사람 죽여본 적도 없는 것들이 저런 말을 전매특허처럼 내뱉는다.

"나가세요."

"이 새끼가!"

다시 한 번 놈이 주먹을 휘둘렀다. 이번엔 눈을 감지 않았다. 다가오는 주먹이 확연하게 보인다.

고개를 틀어 주먹을 흘려보냈다.

비틀.

취한 데다가 주먹이 헛나가자 녀석의 다리에 힘이 풀렸다. 상체가 앞으로 급격히 쏠렸다. 그대로 두면 카운터에 머리를 박을 참이다.

턱.

손으로 이마를 받쳐 줬다.

그러자 취한 와중에도 놀랐는지 잠시 그대로 멈춰 있던 녀석이 천천히 고개를 들었다.

놈은 날 가만히 노려보다가 갑자기 버럭 소리쳤다.

"내가 두 번 다시 여기 안 와! 너 무서워서 안 오는 게 아니라! 저년이 불친절해서 안 오는 거라고! 알아들어?!"

그러더니만.

딸랑.

부리나케 밖으로 나갔다.

…뭐가 이렇게 싱거워?

나는 또 사생결단하자고 달려들 줄 알았다.

"지웅아, 괜찮아?"

유주 누나가 내 뺨을 두 손으로 잡아 자기 쪽으로 휙 돌렸다. 그러고는 얼굴을 바짝 들이댔다.

"너 두 대나 맞았잖아. 안 아파? 입속은? 안 터졌어?"

…유주 누나 얼굴을 이렇게 가까이서 본 건 처음이다.

그런데 가까이서 보니까 더 예쁘다.

계속 이렇게 마주 보고 싶다.

"네, 괜찮아요."

"엄청 세게 맞았는데 괜찮다고?"

"에이, 소리만 요란했지 완전히 솜주먹이더라구요."

"그래도 그렇지. 양아치 같은 게, 왜 사람을 함부로 때리고 그래?"

유주 누나랑 이런 시추에이션이 계속된다면 얼마든지 맞고 또 맞을 수 있다.

그런 생각을 하는 순간.

냐옹—

"어맛."

카시아스가 나와 유주 누나의 사이를 갈라놓으며 카운터에 올라섰다.

녀석은 샐쭉한 표정으로 날 바라봤다.

'하여튼 내가 잘되는 꼴은 못 보지.'

"카시아스~ 카운터에 올라오면 안 돼요~"

유주 누나가 카시아스를 다시 바닥에 내려놓았다.

"그나저나 지웅이 너, 다시 봤다?"

"뭘요?"

"마냥 순둥인 줄 알았는데, 이럴 때 나설 줄도 알고? 제법 남자답더라?"

"저 남자 맞는데요……."

그동안 날 손톱만큼도 남자로 보지 않았던 건가?

조금 자존심 상하네.

"에~ 지웅이 삐친 거야? 농담이야, 농담~ 어쨌든 고마워."

유주 누나가 눈웃음치며 내 머리를 쓰다듬었다.

동시에 기계음이 머릿속에서 울려 퍼졌다.

띠링!

—취객에게 해코지를 당할 뻔한 유주 누나를 도와주었어요. 남자다운걸요? 선행을 쌓아 1링크가 주어집니다.

아, 선행을 쌓아서 1링크를 얻었다.

그런데 이상하네.

길가에 개똥을 치운 게 1링크인데 취객한테 얻어맞아 가면서 유주 누나를 도와준 것도 1링크란 말야?

저녁에 할아버지 리어카 밀어준 건 3링크나 줬으면서.

'대체 이건 점수의 기준이 뭐야?'

도통 알 수가 없었다.

혼자 알게 모르게 골머리를 썩고 있을 때.

딸랑.

문이 열리며 유주 누나와 같이 야간 알바를 하는 진호 형이 들어왔다.

"지웅~ 늦어서 미안. 이제 가봐."

진호 형은 내가 뭐라 대답할 틈도 주지 않고 사무실로 들어갔다.

늘 이런 식이다. 항상 자기 할 말만 따다닥 하고, 남의 얘기는 잘 들으려 하질 않는다.

그리고 용무가 있을 때를 제외하곤 말을 잘 걸지 않는다.

유주 누나의 말을 들어보면 밤새도록 같이 일을 하면서 열 번도 말을 섞지 않을 때가 많다고 한다.

진호 형은 말을 섞기보단 스마트폰으로 게임을 하거나 책을 읽으면서 시간을 보낸단다.

하여튼 특이한 인간이다.

진호 형이 유니폼을 입고 사무실에서 나왔다. 반대로 난 유니폼을 벗었다.

"그럼 가볼게요, 유주 누나."

"응, 잘 가."

진호 형한텐 인사해 봤자 어차피 씹힐 게 뻔하니 그냥 나왔다.

그런 내 뒤를 카시아스가 따르더니 훌쩍 뛰어서 머리 위에 올라탔다.

"…안 내려와?"

녀석은 내려오긴커녕 꼬리로 내 머리를 탁탁 쳤다.

"새로운 인간으로 거듭난 기분이 어때?"

그래, 나는 오늘 새로운 인간으로 거듭났다.

그리고 그 기분은 솔직히.

"좋아. 정말 좋아."

"그게 다 나를 만났기 때문에 가능한 일이었지."

"인정. 네가 없었으면 지금의 나도 없었을 거야."

"앞으로도 선행을 열심히 쌓아라."

"이젠 그러지 말라고 막아도 할 거야."

내가 바보가 아닌 이상, 이런 기회가 찾아왔는데 멍청하게 놓쳐 버리지는 않을 것이다.

로또보다 더 좋은 인생 역전의 찬스가 손에 들어왔다.

엄마의 병을 고치고, 지긋지긋한 가난에서 탈출하고, 누나를 다시 대학에 보내주고, 아버지에게 더 좋은 가게를 차려 드리고.

영혼의 능력을 잘 사용하면 그 모든 것이 가능하게 될지도 모른다.

행복한 상상에 취해 걷다 보니 어느새 집에 도착했다.

카시아스는 집까진 따라 들어오지 않고 어깨에서 뛰어내렸다.

"어디에 있으려고?"

"어디든 가 있을 테니 신경 꺼. 내일 아침에 보자."

카시아스는 담벼락으로 뛰어올라 금세 사라졌다.

'하여튼 별종이야.'

현관엔 누나가 신고 나갔던 구두가 엉망으로 놓여 있었다.

난 그것을 정리했다.

'혹시라도 선행으로 쳐주려나?'

하지만 헛수고였다.

링크 포인트는 적립되지 않았다.

"에라이."

정리했던 구두를 발로 걷어차고서 내 방으로 들어가려는데.

"유지웅!"

깜짝이야.

거실에서 우다다다! 달려온 누나가 내 앞에 서서, 양손을 허리에 얹고 고개는 모로 살짝 꺾은 매우 불량한 자세로 말했다.

"생리대 좀 사 와."

"……."

그러더니 내 앞에 만 원짜리 한 장을 툭 던진다.

"오버나이트. 열 개짜리. 스위트 걸루. 알지?"

완전히 깡패가 따로 없다.

학교에서는 빵 셔틀, 하교 후에는 선행 셔틀, 이제는 생리대 셔틀이다.

"빨리 갔다 와! 오늘 생리 터져서 그거 없으면 못 자! 누나 셋 이상 안 세는 거 알지?"

누나가 손가락 세 개를 폈다.

저 손가락이 다 접힐 때까지 가지 않으면 내 허리가 접힐지도 모른다.

누나 주변 사람들은 우리 누나의 이런 본모습을 알까?

집 밖에 나가면 누나는 완전히 백팔십도 다른 사람이 된다.

청순가련, 천생 여자. 남자들은 그런 가식적인 누나의 모습에 수두룩하게 목을 맨다.

언젠가 저 가면을 벗겨야 할 텐데.

"셋! 둘! 하나!"

"간다, 가."

내 팔자야.

*　*　*

띠링!

—누나의 생리대, 스위트 오버나이트 열 개들이를 사다 주었군요. 선행을 쌓아 1링크가 주어집니다.

우와, 뭐 이런 걸 적나라하게 다 얘기하냐.

"고마워. 남은 건 용돈 써."

누나가 방긋 웃었다.

"다음부터는 좀 스스로 사."

툴툴거리며 내 방으로 들어온 난, 남은 돈 칠천 몇백 원을 챙겼다.

누나가 내게 심술을 부리는 것 같지만 실은 그렇게 다정다감한 스타일이 아닌지라 용돈을 이런 식으로 주는 거라는 걸 안다.

우리 누나는 엄마를 닮아 예쁘다.

나랑은 얼굴만 마주하면 으르렁대는 사이이나, 객관적으로 봤을 때 확실히 예쁜 얼굴은 맞다.

그리고 몸매도 좋다.

누나는 일이 끝나면 바로 집에 들어오지 않고 공원에서 한

두 시간 정도 운동을 한다.

생활 운동으로 다져진 몸매는 누나를 건강 미인으로 만들어주었다.

그런데다가 남의 시선이 하나라도 있는 곳에선 선머슴 같은 모습은 사라지고 청순가련의 대명사가 되어버리니, 누나의 인기는 하늘을 찌른다.

중고등학교를 다닐 땐 퀸카 소리까지 들었었다.

그래 봤자 나한테는 그냥 누나다.

내 방으로 들어와 이불을 깔고 누웠다.

"마인드 탭."

이름 : 유지웅

소속 : 지구, 대한민국

성별 : 남

나이 : 19

영력 : 2

아티팩트 소켓 0/1

보유 링크 : 2

누나의 생리대 심부름까지 선행으로 쳐서 총 보유 링크는 2가 되었다.

세 개만 더 모으면 파펠이나 라모나의 능력 중 하나를 더 얻을 수 있다.

라헬은 내가 가지고 있는 링크로 살 수 있는 영혼들만 보여주기 때문에, 더 비싼 영혼들이 어떤 힘을 가지고 있는지는 알 수가 없다.

"차라리 링크를 더 모을까?"

한 10링크 정도 모으면 한 단계 위인 영혼의 힘을 살 수 있지 않을까?

남은 건 8링크.

오늘 하교 후부터 지금껏 전부 7링크를 모았으니 내일 8링크를 모으는 것도 어려운 일은 아닐 것이다.

"좋아. 이번엔 10링크로 더 강한 영혼의 힘을 사는 거야."

다짐하며 눈을 감았다.

사실 난 잠자리에 드는 이 시간이 싫었다.

다음 날 눈을 뜨면 학교에 가야 하고, 학교에 가면 또 다시 괴롭힘을 당하기 때문이다.

그러나 오늘은 일찍부터 수마가 날 잠으로 이끌었다.

몰려오는 잠 속에서 난 스스로에게 다짐하듯 중얼거렸다.

"…어제까지의 나는 없어. 난… 새로 거듭나는 거야."

Chapter 4
선행의 법칙

지이이이잉— 지이이이잉—

조금 전까지 난 유주 누나와 데이트를 하고 있었다.

패스트푸드점에서 배를 채우고 영화도 보고, 노래방에도 갔다.

그리고 헤어지기 전 인적 드문 거리에서 키스를 하려는 찰나, 그게 꿈이었다는 걸 알았다.

달콤한 꿈에서 야속하게 날 깨운 건.

지이이이잉—

저 스마트폰 진동이었다.

"으……."

액정을 보니 점장님이라고 적혀 있었다.

억지로 통화 버튼을 슬라이드해 전화를 받았다.

"여보세요……."

"지웅아!"

"네, 점장님. 무슨 일이세요?"

"자고 있었겠지!"

"네."

"그래! 자야지! 밤에는 잠을 푹 자주는 것도 네 몸에 대한 의리! 아주 옳다!"

그런데 지금 그 단잠을 점장님께서 깨우셨습니다만…….

잘 떠지지도 않는 눈으로 액정을 보니 현재 시각 새벽 다섯 시다.

"하지만 너무 오래 자는 것은 몸에 대한 의리가 아니야!"

무슨 얘기를 하려는가 싶었더니만 결국 이거였군.

"운동을 하러 가자! 넌 너무 근력이 없다! 남자는 힘! 다섯 시 반까지 편의점 앞으로!"

통화는 일방적인 점장님의 통보로 끝났다.

"으… 귀찮아."

점장님은 일주일에 한 번씩 이렇게 운동을 가자고 하신다.

그리고 운동을 가자는 날은 보통 전날에 과음을 한 날이다.

희한하게도 등산을 해야 숙취가 풀린다는 게 점장님의 변(辯)이다.

몸이 좀 힘들긴 해도, 날 알바생으로 채용해 준 고마운 점장님이니만큼 같이 운동을 나가줘야지.

방에서 나와 화장실로 향하려는데 현관문이 열리고 아버지가 들어오셨다.

얼굴이 붉고 알코올 냄새가 나는 게 술을 좀 드신 모양이다.

"아버지, 이제 오세요?"

"그래… 안 잤니?"

"지금 일어났어요."

아버지는 말없이 고개를 끄덕이고 방으로 들어가셨다.

갈수록 아버지가 술을 마시는 날이 늘고 있었다.

가게가 힘들수록 아버지는 더욱 술에 의지하게 되는 모양이다.

'얼른 돈을 벌어야 하는데.'

엄마의 병원비, 그로 인해 지게 된 빚, 하지만 늘어나기는커녕 계속해서 더 빚만 져야 하는 수입 구조.

이렇게 되면 최후에는 파경을 맞게 된다.

역시 답은 한 가지밖에 없다.

내가 신박한 영혼의 능력을 사서, 그 능력으로 돈을 벌어 가업을 돕는 것이다.

'선행이 답이다!'

심기일전하고 세면을 한 뒤, 운동복 차림으로 집을 나섰다.

* * *

점장님은 편의점 앞에서 유주 누나와 대화를 나누고 있었다.

"저 왔어요."

내가 다가가 말을 걸자 두 사람이 동시에 날 바라봤다.

"못 믿겠으면 직접 물어보세요."

유주 누나가 날 보자마자 점장님께 말했다.

점장님이 살짝 미심쩍은 시선을 던지며 물었다.

"지웅아! 네가 정말 양아치를 제압했어?"

아… 그 얘기 중이었구나.

난 솔직하게 대답했다.

"네."

점장님의 얼굴이 환해졌다.

"비실비실한 줄 알았더니 그게 아니었구나!"

점장님이 말하며 솥뚜껑 같은 손으로 내 어깨를 탁 쳤다.

"응?"

"왜요?"

점장님이 고개를 갸웃거리더니 다시 내 어깨를 두들겼다.

탁.

그러더니 갑자기 내 상의 추리닝의 지퍼를 쫙! 여는 게 아닌가?

추리닝 안에는 하얀 티 한 장을 입고 있었다.

그런데 이게 내 몸이 좋아지기 전에 입었던 것이라, 여간 작은 게 아니었다.

헐렁했던 티는 지금 쫄티처럼 쫙 달라붙어 내 몸을 적나라하게 드러내고 있었다.

덕분에 내 몸매는 점장님과 유주 누나에게 그대로 노출되었다.

"……."

"이럴 수가!"

유주 누나는 아무 말도 못했고, 점장님은 감탄을 했다.

난 다급히 추리닝을 추슬러 몸을 가렸다.

"뭐, 뭐하시는 거예요?"

"여태껏 이런 의리 있는 몸을 숨기고 다녔단 말야? 그래놓고 계속 비리비리한 척했단 말인가! 그건 의리가 아니야!"

"아니… 비리비리했었어요."

"비리비리했었다? 그렇다는 건… 나와 함께했던 새벽 운동이 효과를 본 거구나!"

…점장님이랑 새벽 운동 한 거 다 합쳐 봐야 이번이 네 번

째입니다만.

그것도 꾸준히 한 건 아닌데요.

"아하하하하! 유지웅! 널 데리고 등산을 한 내 노력을 헛되지 않게 해준 의리에 감동받았다! 이 기분 그대로 신 나게 등산해 보자! 타라!"

점장님은 편의점 앞에 세워둔 자신의 차에 올라탔다.

난 유주 누나에게 어색하게 웃으며 인사를 건넸다.

"누나, 저 갈게요."

그때까지 멍해 있던 유주 누나가 정신을 차리고 고개를 끄덕였다.

"어, 어… 그래."

내가 조수석 문을 열고 엉덩이를 들이밀려는 찰나.

유주 누나가 미소 짓는 얼굴로 말했다.

"근데 지웅이 너, 몸 제법 좋다?"

그러고서는 편의점 안으로 들어가 버리는 유주 누나.

뒷태가 어찌 저리 예쁘… 이게 아니지.

오늘은 어쩐지 예감이 좋다.

* * *

점장님은 근처의 산으로 향해 주차장에 차를 세워놓고 내렸다.

점장님이 앞장서서 산을 탔다.

난 그 뒤를 따라 올라갔다.

점장님은 산을 조금 빨리 타는 편이다.

그래서 점장님과의 산행은 늘 힘들었다.

가뜩이나 체력이 저질인 난데, 산을 빨리 올라가려니 폐가 다 터질 지경이었다.

그런데 오늘은 아니었다.

점장님과 페이스를 맞춰 오르는데도 전혀 힘들지 않았다.

오히려 조금 더 속도를 높였으면 하는 생각이 들 정도였다.

그렇게 산 중턱쯤 올라왔을 때.

한 무리의 사람이 커다란 나무 아래 몰려 있는 게 보였다.

우리의 열혈 점장님은 저런 광경을 그냥 지나칠 분이 아니다.

"가보자, 지웅아!"

역시나.

점장님이 사람들에게 다가가 물었다.

"무슨 일입니까?"

점장님이 묻자 50대 후반 정도 되어 보이는 분이 바닥을 가리켰다.

바닥엔 나무 기둥 근처에서 파닥거리는 아기 새가 보였다.

"요놈이 둥지에서 떨어진 것 같어~ 그래서 나무 탈 줄 아는 사람이 누구라도 나서가지고 다시 올려주려 하는데, 저놈 새끼가 우리 속도 모르고 계속 부리로 쪼잖아."

그분의 말에 옆에 서 있던 20대 청년이 입술을 불룩 내밀며 손등을 들어 보였다.

손등의 푹 파인 상처에는 피가 맺혀 있었다.

저 사람이 아기 새를 둥지에 올려주려다 변을 당한 모양이다.

"그랬군요! 아기 새의 위기를 그냥 보아 넘긴다면 의리가 아니죠! 제가 한번 해보겠습니다!"

점장님이 호기롭게 나서자 주변 사람들이 박수를 쳐주었다.

점장님은 아기 새를 들어 상의 앞주머니에 넣고 나무를 타기 시작했다.

그러자 어디서 나타난 건지 어미 새가 날아들었다.

응? 어미 새 맞나? 아버지 새일 수도 있잖아? 모르겠다, 그냥 어미 새!

쏜살같이 날아든 어미 새의 부리가 나무를 잡고 있던 점장님의 손등을 콱! 쪼았다!

"악!"

점장님은 외마디 비명을 질렀지만, 멈추지 않고 계속 올라갔다.

그러자 어미 새가 점장님의 머리에 올라타더니, 이번엔 정수리를 콱! 쪼았다.

"으악!"

결국 점장님은 정수리의 고통을 참지 못하고서 아래로 추락했다.

털썩!

"어이쿠!"

점장님에게 기대를 걸고 있던 사람들이 혀를 찼다.

"생각처럼 쉽지 않지?"

50대 남성분이 말했다.

"아무래도 그냥 119에 전화하는 게 낫겠어요."

점장님을 안쓰럽게 바라보던 중년 여성의 말이었다.

"에이! 그 사람들 가뜩이나 바쁜 양반들인데, 이런 사건으로 계속 불러 젖히면 되겠냐고!"

50대 남성은 중년 여성에게 핀잔을 주었다.

어찌 되었든 여기에서 더 시간을 지체할 수는 없었다.

아기 새에게는 안타까운 상황이지만, 나는 등산을 빨리 마치고 등교를 해야 한다.

그래서 점장님께 그만 올라가자고 말하려는 순간.

"점장님, 그냥 올라……."

턱. 탁.

무언가 내 오른쪽 어깨 위에 올라서더니 뒷목을 탁! 쳤다.

이거 분명 카시아스다.

그런데 어깨 위엔 아무것도 보이지 않았다.

의아해하는데, 카시아스의 음성이 머릿속에서 울려 퍼졌다.

[인비저빌리티, 투명화 마법이다. 그리고 지금 네 머릿속으로 내 의지를 전하는 것은 텔레파시 마법이고.]

이런 상황에서 난 어떻게 대답해야 하는 거지?

[너도 내게 하고 싶은 말을 속으로 해. 그럼 대화할 수 있다.]

[이렇게?]

[잘하는군.]

투명화에 텔레파시에 별걸 다 하는 걸 보니 정말 대마법사가 맞긴 맞나 보다.]

[언제부터 따라왔어?]

[집에서 나올 때부터.]

[근데 왜 지금에서야 말을 걸어?]

[전까진 딱히 걸 일이 없었으니까.]

[무슨 말인지 알겠다. 선행 하라 이거지?]

[그래. 저 아기 새, 둥지 위로 올려줘.]

[나도 그 생각을 안 해본 건 아닌데, 무슨 수로? 기본적으로 나무를 못 타는데.]

[새 몸뚱어리 얻어서 어따 쓸래?]

[이 몸으로 나무도 탈 수 있어?]

[그 몸이 데브게니안 대륙에선 별거 아닌 몸일지 모르나 한

국에선 어마어마한 몸이다. 데브게니안 대륙은 모든 사람이 전쟁의 역사 속에서 살아가고 있어. 그곳의 열세 살 아이가 어지간한 한국의 장정을 손쉽게 이길 정도지. 그런데 네가 갖게 된 몸은 데브게니안의 평균치보다 더 좋은 몸이다. 나무 타는 거, 일도 아니니까 올라가.]

[어미 새는? 계속 부리로 쪼아대는데.]

[모가지를 비틀어 버려.]

[…그럼 아기 새를 둥지에 올려줘 봤자 그게 뭔 소용이 있어.]

물어본 내가 등신이지.

아무튼 이 몸으로 나무 타는 건 식은 죽 먹기라 이거지?

"저 새를 어쩐다."

"제가 해볼게요."

내가 나선다는 말에 점장님이 눈을 휘둥그레 떴다.

"지웅아! 괜찮겠어?"

"네. 그보다 점장님은 괜찮으세요?"

"엉덩이가 조금 아픈 것 빼면 괜찮다! 아하하하!"

"아니… 이마에서 피가 흘러내리는데……."

정수리를 제대로 찍힌 모양이다.

점장님은 이마를 슥 닦더니 화들짝 놀라서는, 앞주머니에 넣었던 아기 새를 다급히 내게 건넸다.

"거, 건투를 빈다."

[아기 새를 내 쪽으로. 꼬리로 감싸고 있을 테니.]

[오케이.]

난 아기 새를 카시아스가 앉아 있는 어깨에 놓았다.

그리고 나무에 올랐다.

두 손으로 기둥을 잡고 두 발을 박찼다.

나무 기둥은 그렇게 큰 아름이 아니었다.

난 생각했던 것보다 더 수월하게 나무 기둥을 오를 수 있었다.

그러자 아니나 다를까, 어미 새가 나를 향해 날아들었다.

그대로 있다가는 어디 한 군데 제대로 쪼일 상황!

이것저것 생각할 여유 없이, 오른손을 뻗어 어미 새의 모가지를 틀어쥐었다.

[이제 부러뜨려 죽일 거냐?]

그럴 리가!

한 손으로 어미 새를 반항하지 못하게 한 뒤, 나머지 손과 다리만을 이용해 나무를 올랐다.

가지 한켠에 새 둥지가 보였다.

아기 새를 거기에 내려놓고, 어미 새도 덩달아 내려놓았다.

어미 새는 아기 새의 안전이 확보되자 더 이상 날 공격하지 않았다.

"와아~!"

짝짝짝짝!

밑에서 사람들의 환호성과 박수 소리가 들렸다.

이거 어쩐지 영웅이라도 된 것마냥 마음이 뿌듯했다.

태어나서 내가 단 한 번이라도 일면식도 없는, 저토록 많은 사람에게 박수갈채를 받아본 적이 있었나?

없었다.

그나마 가족들이 생일날 모여 축하한다고 박수를 쳐준 것이 전부다.

괜히 가슴이 뭉클했다.

난 나무에서 그대로 뛰어내렸다.

타탁!

"…어?"

그래놓고 당황했다.

아무 생각 없이 그냥 뛰어내렸는데, 그 높이가 상당했다.

한데 두 다리에 아무런 무리가 가질 않았다.

낮은 높이에서 사뿐히 내려선 듯한 그런 기분이었다.

나만큼 날 지켜보던 사람들도 놀란 모양이었다.

하지만 그것도 잠시.

그들은 다시 열렬히 박수를 쳐주었다.

점장님도 벌떡 일어서서 내 어깨를 탁탁 두들겼다.

"역시 유지웅! 그 정도의 날렵함은 보여야 조각 같은 몸에 대한 의리지!"

"젊은 청년이 대단하네, 아주!"

"멋졌어~ 총각~!"

여기저기서 사람들의 칭찬이 이어졌다.

이거… 뭔가 기분이 엄청 좋다.

그때 머릿속으로 기계음이 들려왔다.

띠링!

—둥지에서 떨어진 아기 새를 구해줬네요~? 하마터면 그렇잖아도 피곤한 119대원들을 호출할 뻔했는데, 참 잘했어요~! 선행을 쌓아 8링크가 주어집니다!

8링크? 방금 8링크라고 했어?

대박이다!

여태껏 가장 크게 얻은 링크가 3이고, 나머지는 다 1링크씩 적립되었다.

그런데 한 번에 8링크라니!

개똥을 치우거나 유주 누나를 취객에게 구해준 건 1링크였고, 할아버지의 수레를 밀어준 건 3링크였다.

그 선행들보다 아기 새를 구해준 것이 더 값어치 있단 얘긴가?

생명을 구했기 때문에?

그렇게 따지면 유주 누나를 도와준 것 역시 생명을 구한 것이라고 볼 수 있다.

취객이 눈 돌아가서 유주 누나를 흉기로 찌르기라도 했으면 어쩔 뻔했을까?

너무 비약적이긴 하지만, 그런 일이 일어나지 말란 법 없다.

따라서 그건 아닌 것 같다.

'그럼 뭐지?'

고민에 빠진 내게 사람들이 다가와 저마다 한마디씩을 건넸다.

하지만 지금 내 귀엔 그들의 말이 제대로 들어오지 않았다.

대충 미소로 받아넘기며 계속 머리를 굴렸다.

그런데.

"…어?"

나도 모르게 주변의 사람 수를 세어봤는데… 점장님까지 여덟이었다.

'그러고 보니…….'

어제 카시아스를 만난 이후부터의 일들이 주마등처럼 스쳐 지나갔다.

편의점 알바를 하며 사람들을 도와줬을 때, 그들은 혼자였다.

유주 누나를 구해주었을 때도, 누나 혼자 곤경에 처해 있었다. 그때의 선행은 모두 1링크로 보답 받았다.

그런데 할아버지의 수레를 밀었을 땐, 할아버지를 도와주던 손자가 있었고, 그들을 돕고 싶어 했던 김치 아주머니가 함께였다.

전부 해서 셋.

난 수레를 밀어준 대가로 3링크를 받았다.

누나의 생리대를 사 왔을 때도 받은 건 1링크였다.

그리고 지금.

아기 새의 무사 구조를 바라는 사람이 여덟이고, 선행을 한 결과 8링크를 얻었다.

'그래, 그거야!'

결국 내가 선행을 베풀었을 때 도움을 필요로 하는 사람의 수만큼 링크로 환산이 되는 것이다.

예를 들어 가지런하지 못한 누나의 신발을 정리한 것도 선행은 선행이다.

하지만 누나는 자신의 신발을 누군가가 가지런히 놓아줬으면 하는 생각을 안 했다.

그렇다면 이건 내가 선행을 베풀었다고 해도 노카운트다.

도움을 바라는 이가 없기 때문이다.

크든 작든, 선행을 할 때 도움을 바라는 이가 몇 명인지가 가장 중요한 포인트다.

그런데 여기서 한 가지 오류가 생긴다.

'그럼 개똥은 뭐였지?'

내가 그것을 치울 땐 거리에 지나가는 사람이 아무도 없었다.

머리가 살짝 복잡해질 수도 있는 문제지만 난 금방 답을 찾아냈다.

'나보다 먼저 그 길을 지나가면서 개똥을 본 누군가가 속으로 그랬겠지. 저것 좀 누가 치워주었으면.'

만약 그런 바람을 가진 이가 두 명이었다면 2링크를 받았을 것이다.

마찬가지로 개똥을 치우길 바라는 사람은 있었어도, 작은 하드 막대를 치우길 바라는 이는 없었기에, 이것 역시 노카운트된 것이다.

나 같아도 하드 막대엔 무심하겠다.

그렇지만 개똥은 너무 눈에 잘 띄고, 불결해서 누군가 좀 치워주었으면 하는 마음이 들게 마련이다.

물론 이것은 추측이다.

하지만 지금까지의 상황을 종합해 봤을 때 가장 그럴듯하다.

레이브란데의 인과율의 법칙을 알아내려고 깊은 생각에 빠진 내 귀로 점장님의 굵직한 음성이 들려왔다.

"해결했으니 이제 다시 등산하러 가자, 지웅… 억!"

점장님이 말을 하다 말고 허리를 움켜쥐며 괴로워했다.

"왜 그러세요?"

"허, 허리가……."

"허리가 왜요?"

"나무에서 떨어질 때 삐끗한 모양이다."

"네? 많이 아프세요?"

"아… 아프긴 하지만 너와 등산을 하기로 했다면 정상까지 올라서는 것이 의리이이이이으아으아아아악!"

의리를 외치던 점장님이 비명을 질렀다.

"점장님, 저와의 의리도 중요하지만 아픈 점장님의 몸을 치료해 주는 것도 몸에 대한 의리인 것 같은데요."

"그, 그런가?"

"그럼요."

점장님은 마지못해 수긍한다는 듯, 천천히 고개를 끄덕였다.

"그래. 그럼 오늘은 이만 내려가야겠구나, 지웅아."

"네."

"의리 있게 날 부축해 줄 수 있지?"

"그럼요."

* * *

띠링!

—괜히 설치다가 나무에서 떨어지는 바람에 허리를 다친 점장님을 도와주었어요. 선행을 쌓아 1링크가 주어집니다.

난 점장님을 주차장까지 부축해 내려왔다.

점장님은 차에 올라타 겨우 운전을 해서, 날 집 앞에 데려다주었다.

그리고는 바로 병원을 찾아 떠났다.

지금 시간 7시 00분.

이제 학교 갈 준비를 해야 한다.

집으로 들어가 간단하게 샤워한 뒤, 교복으로 갈아입고 책가방을 챙겨 나왔다.

"마인드 탭."

이름 : 유지웅

소속 : 지구, 대한민국

성별 : 남

나이 : 19

영력 : 2

아티팩트 소켓 0/1

보유 링크 : 11

"음흠흠~"

11이라는 숫자가 절로 콧노래를 흥얼거리게 만들었다.

어느새 내 어깨에 올라탄 카시아스가 말했다.

"기분 좋아 보이는구나."

"당연하지. 선행의 법칙을 알았으니까."

"선행의 법칙?"

"링크의 액수가 어떻게 정해지는 건지 알았다고."

"그 정도는 나도 눈치챘다. 도움을 바라는 사람의 수를 반영하더군."

"어? 눈치챘네?"

"대마법사의 지혜를 뭘로 보는 거냐."

탁!

"아야! 자꾸 꼬리로 때릴래?"

"아무튼 축하한다. 법칙 하나를 알아냈으니 이제 레이브란데의 인과율을 더욱 잘 활용할 수 있겠네."

"당연하지."

"영혼을 사러 갈 거냐?"

"물론! 소울 커넥트!"

Chapter 5
낭아권(狼牙拳)

다시 그 검은 공간, 소울 스토어에 들어왔다.

내 앞엔 미약한 빛을 발하는 영혼 네 개가 보였다.

샤라라라라랑—

시원한 기계음이 들렸고, 보랏빛 장발에 붉은 눈동자를 가진 미남자, 라헬이 나타났다.

그는 예의 바르게 허리 숙여 인사를 건넸다.

"안녕하세요, 유지웅 님. 두 번째 만남이네요."

라헬이 사람 좋은 미소를 머금었다.

그러나 저 미소에 속으면 안 된다.

놈은 뼛속까지 장사꾼이다.

같은 가격에 가장 값어치가 떨어지는 물건을 먼저 팔아먹으려고 한다.

처음엔 그놈이 단순히 사기꾼이라고 생각했는데 이제 보니 확실히 알겠다.

돈이 있을 땐 무조건 굽히고 보는 게 장사꾼이 틀림없었다.

"오늘은 11링크나 들고 오셨네요? 그래서 살 수 있는 영혼이 두 개 더 추가되었답니다. 왼편의 희미한 빛을 내는 두 개의 영혼이 저번에 봤던 파펠과 라모나구요, 그보다 살짝 더 밝은 오른쪽 두 개의 영혼이 10링크로 살 수 있는 새로운 영혼이랍니다. 그들의 힘을 습득하는 데 필요한 영력은 2구요."

확실히 좋은 영혼일수록 점점 더 빛이 밝아지는구나.

"그럼 새로운 영혼들에 대해 설명해 드리죠."

이제부터 정신 바짝 차리고 들어야 한다.

라헬과 나 사이의 줄다리기가 시작되었다.

라헬이 10링크의 영혼 중 하나를 가리켰다.

"이 영혼의 이름은 아르마. 살아생전 그녀의 별명은 바늘꽃이었어요. 바늘꽃의 꽃말은 섹시한 여인이죠. 다르게는 마성의 여인이라고도 불리었답니다. 그만큼 아름다웠죠. 그녀가 마음을 먹으면 유혹하지 못하는 남자가 없을 정도였어요."

"…그래서?"

"그녀의 가장 큰 능력은 남성을 유혹하는 것이죠. 어때요? 구미가 당기지 않나요?"

라헬이 줄을 휙 당겼다.

"전혀."

어림도 없지. 다시 내 쪽으로 줄을 당겨왔다.

내가 남잔데 같은 남자를 꼬셔서 뭘 하자는 거야.

"다음 영혼의 이름은 무타진. 삼류 낭인으로 싸움 실력도 대단치 않았고 그의 비기인 낭아권 역시 크게 뛰어난 기술은 아니었어요. 하지만 지웅 님의 세계에서 사용하기엔 아주 좋은 기술이에요. 무타진의 영혼을 사게 되면 낭아권을 익히게 되죠."

"낭아권이 정확히 뭔데?"

"말 그대로 이리의 어금니에 뜯긴 것처럼 아프다는 뜻이에요. 적을 향해 휘두른 주먹에 제대로 맞으면 0.2톤의 무게가 1미터의 높이에서 떨어지는 것과 같은 충격을 유발하죠."

그거 엄청나잖아?

내가 흥미 있어 하자 라헬의 입가에 드리운 미소가 짙어졌다.

"어때요? 끝내주는 능력이죠? 제가 볼 때 지금 지웅 님께 가장 필요한 능력은 바로 이거예요. 강력 추천해 드리죠."

어? 뭐야?

오늘은 라헬이랑 내 생각이 통했나? 아주 적극적으로 무타진의 능력을 권하네?

"그래? 그럼 무타진의 능력을……."

난 말하려다 말고 입을 다물었다.

점점 더 귀에 걸리는 녀석의 입꼬리에 내 마음이 덜컥 내려앉았다.

라헬이… 밧줄을 확 당겼다.

'…뭐야?'

라헬은 나한테 가장 필요 없는 영혼을 팔 때 즐거워한다.

그런데 라헬은 아르마보다 무타진의 영혼을 적극적으로 팔려 하고 있었다.

오히려 나한테 더 필요 없는 건 아르마의 능력일 텐데?

"사지 않으실 건가요?"

라헬이 재촉했다.

밧줄을 한 번 더 끌어당기는 라헬. 이제 주도권을 거의 빼앗겨 버렸다.

무타진의 능력이 정말 나한테 필요 없는 건가?

한데… 이 께름칙한 느낌은 뭐지?

순간 허허실실(虛虛實實)이란 사자성어가 떠올랐다.

'혹시?'

난 라헬을 가만히 쏘아보다가 말했다.

"아르마의 영혼을 사는 게 나을까?"

"전 무타진을 추천하고 싶지만, 지웅 님은 원체 제 말을 안 들으시잖아요? 그렇다면 어쩔 수 없죠. 아르마의 영혼을 드리겠……."

라헬이 말을 하며 아르마의 영혼을 내게 밀려 했다.

"잠깐."

난 그런 라헬의 행동을 제지했다.

우뚝.

라헬이 그대로 멈췄다.

"역시 무타진을 사야겠어."

순간.

"……!"

라헬이 두 눈을 부릅뜨고 입에는 오싹한 미소를 머금은 채 고개를 모로 꺾었다.

"정말 그러시겠어요?"

"응."

"정말 그러시겠냐구요?"

"그럴 거라고. 무타진의 영혼을 사겠어."

그 말에 라헬의 얼굴에 미소가 사라지고 이마에 힘줄이 불뚝 돋아났다.

그리고 발광하기 시작했다.

"무타진이라니이이이이! 그런 쓰레기 같은 영혼의 힘을 가져서 뭘 하겠다는 건데요!"

하, 하하하… 역시나 덫을 친 것이었어.

"약아빠진 놈. 시끄럽고 빨리 무타진의 영혼이나 내놔."

라헬에게 끌려가던 줄을 내가 강하게 당겼다.

"정말 후회 안 하시겠어요? 무려 10링크나 되는 영혼이라구요. 잘 생각해 보세요."

"계속 입 아프게 하지 마."

"…젠장."

뭐, 젠장?

방금 젠장이라고 했어, 저 자식이?

내가 저놈의 멱을 잡고 흔들까 말까 고민하는 사이 라헬이 무타진의 영혼을 손으로 살짝 밀었다.

그러자 내게 날아온 무타진의 영혼이 몸 안으로 흡수되었다.

라헬은 언제 화를 냈냐는 듯 방긋 웃으며 말했다.

"무타진의 힘을 갖게 된 걸 축하드려요, 고객님. 다음번엔 더 많은 링크를 들고 오세요~!"

"거지는 빨리 꺼져라?"

"잘 알고 계시네요."

라헬의 쌀쌀맞은 음성과 함께 어두운 공간이 사라지고 우리 집 앞 골목길이 나타났다.

사실 이번에도 혹 엄마에게 도움이 되는 능력이 있을까 기대했었다.

하지만 혹시나는 역시나였다.

내 생각에 타인의 생명을 구할 수 있을 만큼 고차원적인 능력을 갖게 되려면 훨씬 많은 링크가 필요할 듯했다.

그러기 위해선 링크를 쓰지 않고 모으는 것보다, 날 성장시켜 앞으로의 선행에 도움이 될 수 있도록 하는 게 나았다.

"후우."

이제 5월인데, 하늘을 가득 덮은 먹구름 탓인지 입김이 나왔다.

"이걸로 두 개의 힘을 얻었어."

"방금 얻은 힘에 대해 알려줄 게 있다."

내 어깨에 앉아 있던 카시아스가 말했다.

"응? 낭아권?"

카시아스는 고개를 끄덕이고 다시 입을 열었다.

"마인드 탭을 열어라."

"마인드 탭."

> 이름 : 유지웅
>
> 소속 : 지구, 대한민국
>
> 성별 : 남
>
> 나이 : 19
>
> 영력 : 2/2
>
> 영매 : 2
>
> 아티팩트 소켓 0/1
>
> 보유 링크 : 1

영력이라는 항목이 2에서 2/2로 바뀌었다.

그리고 이전까지 없던 항목이 생겼다.

영매? 저게 무슨 뜻이지? 카시아스는 당연히 저게 뭔지 알려주려고 마인드 탭을 열어보라 한 것이겠지.

"설명해 줘, 카시아스."

"영매(靈買). 말 그대로 네가 사들인 영혼이라는 뜻이야. 그 뒤에 숫자 2는?"

"사들인 영혼의 수네."

"그렇지."

"그런데 왜 영매라는 항목이 이제 나온 거야?"

"그전까지는 있어봤자 별 필요가 없었으니까. 하지만 이제부터는 필요성이 생겼어."

"어째서?"

"영매를 터치해."

난 시키는 대로 허공에 보이는 글자를 터치했다.

팅.

맑은 소리와 함께 영매가 최상단으로 올라가며 다른 글자들을 지우고서 이런 화면이 떠올랐다.

영매

패시브 소울 : 1

—강인한 육신[소라스]

액티브 소울 : 1

—낭아권[무타진/소모 영력 1/재충전 5초]

"패시브 소울(Passive Soul)… 액티브 소울(Active Soul)?"

"무슨 의미인지 이해하겠어?"

"글쎄… 근데 여태껏 한글로 표기되다가 저 두 개는 왜 영어로 나오는 거야?"

"아티팩트 소켓은 그럼 한글이었나?"

그러고 보니 그것도 한글로 쓰이긴 했으나 영단어였다.

"이 마법, 오류 같은 게 있는 거 아니야?"

"내가 말했지. 마인드 탭의 항목들은 네게 가장 익숙한 활자로 표기가 된다고."

"한글이 가장 익숙한데?"

"착령(着靈)."

"…뭐?"

"패시브 소울을 그나마 한글로 표현한 거다. 하지만 이렇게 말하면 넌 무슨 말인지 전혀 감도 못 잡겠지."

"그러니까 모든 항목이 무조건 한글로 표기되는 게 아니라, 각 항목마다 내가 조금 더 쉽게 이해할 수 있는 활자로 표기된다 이거야?"

"그래."

그럼 패시브 소울의 뜻은…….

"영혼의 힘을 사기만 하면 항상 그 영혼의 힘이 발휘된다는 건가?"

"맞다. 반대로 액티브 소울은 사들인 영혼의 힘을 원할 때 발동해야 하지."

레이브란데의 인과율은 MMORPG게임과 닮은 점이 제법 많았다.

혹시 데브게니안 대륙에도 그런 게임이 있는 건 아닌가 하는 생각이 들 정도다.

"그럼 액티브 소울의 힘을 사용하려면 어떻게 해야 하는데?"

"기술을 사용하겠다는 의지를 발현하고 기술의 이름을 외쳐라."

"…그런 부끄러운 짓을 꼭 해야 돼?"

"시험 삼아 지금 해봐. 마침 지나가는 사람도 없으니."

난 아직 집 근처 골목길을 벗어나지 못했다.

대로변이 아닌지라 날 지켜보는 사람은 아무도 없었다.

그래도 혹시 몰라 주변을 한 번 더 살피고서 주먹을 말아 쥐었다. 그런 다음 마음속으로 낭아권을 사용하겠다는 의지를 끌어 올렸다.

"낭아권."

이어 작은 음성으로 기술의 이름을 말했다.

순간!

쐐애애애액!

내 의지와 상관없이 무서운 속도로 주먹이 날아갔다.

눈 한 번 깜빡하는 동안 뻗어나간 주먹은 남의 집 담벼락을 그대로 때렸다.

쾅!

퍼서석.

"……!"

시멘트 블록으로 지어진 오래된 담벼락에 커다란 구멍이 뚫렸다.

"카, 카시아스. 이거 어쩌지?"

당황해서 질문하며 고개를 돌렸는데, 조금 전까지 내 어깨 위에 있던 카시아스는 어느새 저 멀리 도망치는 중이었다.

치사한 놈 같으니라고!

결국 나도 카시아스의 뒤를 따라 달렸다.

*　*　*

버스 정류장에서 놀란 가슴을 진정시켰다.

카시아스는 어느새 다시 내 가방에 올라타더니 투명하게 모습을 감췄다.

"방금 그게 낭아권이다."

"이거 제대로 한 대 맞으면 그냥 기절하겠는데."

"아울러 네가 소라스의 육신을 갖고 있지 않았다면 담벼락과 함께 네 주먹도 부서졌겠지."

생각해 보니 그렇다.

그전의 비리비리한 몸이었다면 낭아권을 몸이 견뎌내지 못했을 것이다.

"마인드 탭을 열어 영력을 확인해 봐."

시키는 대로 마인드 탭을 열어보니 영력의 항목이 1/2로 바뀌어 있었다.

"수치가 1 줄었어."

"내가 전에 말했었지. 영혼의 힘 중에는 네 영력을 소모해야 하는 기술도 있다고."

"그랬지."

"낭아권은 액티브 소울이고 이를 사용하기 위해선 1의 영력이 필요해. 따라서 네 영력에서 1이 소모된 것이지. 하지만 소모된 영력은 1분이 지나면 다시 차오른다."

"그렇구나. 한마디로 낭아권은 연속으로 두 번을 사용하게 되면 다시 한 번 사용하기 위해서는 영력이 차오르는 1분을 기다려야 한다는 거네."

"그래. 하지만 낭아권을 두 번 연속 딜레이 없이 사용하는 건 무리야."

그러고 보니 낭아권을 설명하는 란에 재충전 5초라는 항목이 있었다.

"낭아권을 한 번 사용하면 5초를 기다려야 다시 사용할 수 있다는 거야?"

"맞다. 연달아 사용할 경우 네 근력에 무리가 가기 때문에 그만큼의 딜레이를 두는 거지."

"엄청 섬세하네."

"실제로 낭아권을 만들어낸 무타진 역시도 한 번 낭아권을 사용하고 난 다음엔 5초 이상 쉬어야 재사용할 수 있었다. 그런데 무타진은 자신보다 센 상대를 만나 딜레이 없이 낭아권을 세 번 연속 사용하고 말았지. 그 바람에 오른손의 뼈는 아작 나고 인대는 파열, 근육은 전부 끊어져 평생 불구로 살다 죽어야 했어."

"난 강제 딜레이가 걸려 있어서 다행이네."

"레이브란데의 배려겠지."

"그런데 이 기술로 어떤 선행을 할 수 있을지 모르겠네."

"편의점에서 근무할 때처럼 불량배로부터 선량한 사람을 구할 수 있겠지. 그리고 꼭 선행할 때만 기술을 써야 하는 건 아니야. 네 몸을 지키는 데도 사용할 수 있어. 태진이 패거리한테 본때를 보여줘라. 좋은 기회잖아."

아… 그래, 그걸 잊고 있었어.

영혼의 힘을 꼭 선행에만 사용하란 법은 없지.

우선은 시궁창 같은 내 인생부터 바꾸는 거야.

더는 이렇게 엉망으로 살아갈 순 없어.

어쩌면 여태껏 난 주변 상황만을 원망해 왔었는지 모른다.

나 스스로 나쁜 사람이 되기 싫어 그렇지 않다고 외면했으나, 은연중에 그런 생각을 품고 있었다.

하지만 생각해 보면 원망만 했을 뿐, 무언가를 바꾸기 위해 노력한 적은 한 번도 없었다.

주변 상황이 날 변하지 못하게 만드는 게 아니다.

내가 변하면 주변 상황도 전부 바뀐다.

이제는 파문을 일으킬 때다.

얼어붙어 있던 발을 내디딜 때다.

* * *

버스는 학생들을 가득 실어 학교 앞에 내려주었다.

교문을 향해 걸어가는데 늘 입던 교복이 오늘따라 어색했다.

몸이 변했기 때문이다.

다행히도 내 교복은 키에 맞추다 보니 품이 좀 넉넉했다.

교복을 구매할 당시 어머니는 몸에 맞게 품도 줄이자고 했지만, 난 마른 멸치 같은 내 몸이 그대로 드러나는 게 싫어 이대로가 좋다고 억지를 부렸다.

그런데 그 억지가 이제 와서 빛을 발하는 순간이 왔다.

지금은 너무나 잘 맞았다.

진작부터 이러려고 맞춘 것 같을 정도였다.

신이 났다. 그러다 보니 발걸음도 가벼웠다.

학생들 틈에 섞여 평소보다 리드미컬하게 걸어가는데, 큰길 어귀에서 익숙한 얼굴 셋이 어슬렁거리며 나타났다.

태진이와 상호, 상진이였다.

'이렇게 일찍 등교를 해?'

한데 자세히 보니 등교하는 건 아닌 것 같았다.

가방이 없는 거야 그렇다 치고, 교복 차림이 아니었다.

셋 다 사복을 입고서 지나가는 학생들을 관찰하는 중이었다.

그러다 1학년 남학생 한 명을 잡아 어딘가로 끌고 갔다.

근처를 지나가던 다른 학생 몇 명이 이를 봤지만 아무런 제지도 못했다.

지광고에서 태진이는 얼굴을 모르는 학생이 없을 정도로 유명인이었다.

태진이가 학교 짱은 아니지만 성질이 더럽다고 정평이 나 있었다.

그래서 괜히 귀찮은 일에 말려들기 싫어 모른 척했을 것이다.

그러나 이제 난 모른 척할 수가 없었다.

당장 걸음을 옮겨 태진이 패거리가 사라진 곳으로 향했다.

* * *

으슥한 골목.

태진이 패거리는 강제로 끌고 온 1학년 남학생을 구석에 몰았다.

세 놈이서 남학생을 둘러싸더니 당장 협박을 시작했다.

하지만 너무 멀리 떨어져 있어서 뭐라고 하는 건지 들리지 않았다.

천천히 그들에게 다가갔다.

태진이의 윽박지르는 소리가 들렸다.

"뭐? 없어? 씨팔, 뒤져서 나오면 죽는다, 진짜."

"진짜 없어요."

"하, 이 새끼가 끝까지 약을 파네."

이전의 나였다면 벌써 손발이 차가워졌겠지.

그러나 이제는 아니다.

"밤새 주도를 지키느라 속 아픈 선배들이 해장국 좀 사 먹겠다는데, 같은 학교 후배가 돈 좀 못 꿔줘? 어?"

저 녀석들 밤새 술 처먹었구나.

탁.

카시아스가 꼬리로 내 목을 쳤다.

"선행도 하고, 저놈들 혼도 내줄 좋은 기회다."

"일석이조네. 좋아, 이런 거."

"낭아권으로 얼굴은 때리지 마. 턱 돌아간다."

"그 정도는 나도 알아."

난 용감하게 태진이 패거리에게 다가갔다.

시원하게 한번 뒤집어 버리자고 마음먹었지만, 녀석들과의 거리가 줄어들수록 점점 겁이 났다.

이건 학습된 공포다.

조건반사처럼 태진이의 존재 자체가 내게 공포로 각인되어 버린 것이다.

사실 내가 소라스의 육신과 무타진의 낭아권을 손에 넣었다고 해서 대단한 싸움꾼이 된 건 아니다.

여태껏 태어나서 주먹질을 해본 적이 단 한 번도 없는 나다.

누군가는 말했다.

싸움 그거 별거 아니라고.

막상 해보면 싸우는 그 순간엔 긴장돼서 맞아도 아픈 걸 모른다고.

그러니까 일단 선빵필승이고, 그게 안 되면 급소를 골라 때리고, 그래도 안 되면 상대방이 질릴 때까지 물고 늘어지라고.

그 말을 해준 사람이 누구냐?

우리 아버지다.

어찌 되었든 이제는 돌이킬 수 없다.

난 태진이 무리에게 다가가는 그 짧은 시간 동안 머릿속으로 계산기를 두들겼다.

낭아권을 시전하는 순간 내 영력은 1이 소비된다. 현재 내 영력 수치는 2다. 영력을 1 소비해 버리면, 다시 1이 차오르기까진 1분이라는 시간이 걸린다.

낭아권은 한 번 사용하면 재사용까지 5초가 걸린다.

즉 낭아권을 두 번 사용하고 나면 영력 1이 차오르는 1분 동안은 다시 사용하지 못한다.

지금 내게 낭아권 외에 다른 기술은 전혀 없다.

저 녀석들이 맞기만 해준다면야 이길 가능성은 충분하다.

하지만 두 명은 처리한다 해도, 나머지 한 명이 영력이 회복될 1분 동안 날 가만두겠냐는 거다.

'괜찮아. 편의점에서 시비 걸던 양아치 주먹도 아프지 않았어.'

낭아권을 두 번 날린 이후엔 마구잡이로 주먹을 휘두른다.

그러다 운 좋게 남은 한 명이 얻어맞고 쓰러지면 땡큐다.

그게 아니라면 1분을 버텨서 낭아권을 한 번 더 날린다.

계획은 그게 다였다.

'선빵필승.'

난 내게 등을 보이고 있는 세 사람 중 태진이를 먼저 기습할 요량이었다.

그런데, 갑자기 태진이가 뒤를 돌아봤다.

녀석과 나의 눈이 마주쳤다.

난 그대로 굳어서 움직이지 못하는 동상이 되었다.

"어? 지웅아."

태진이가 물고 있던 담배를 손으로 떼며 연기를 훅 불었다.

"너 여기 무슨 일이냐?"

"……."

대답하지 않았다.

그저 태진이를 노려봤다.

그러자 태진이가 피식 웃었다.

"아침부터 뭘 꼬나봐, 새끼야. 내가 지금 간만에 술빨 받아서 기분이 좋거든? 한 번은 봐줄 테니까 어서 인상 풀어."

"봐주지 마."

"뭐?"

태진이의 얼굴에서 미소가 싹 사라졌다.

녀석은 미간을 확 찌푸렸다.

상호와 상진이도 그런 태진이를 따라 이마에 내 천(川)자를 만들었다. 두 사람은 쌍둥이다. 그래서 인상을 쓴 모습도 똑같았다.

"하, 씹새끼, 졸라 컸네? 너 일루 텨 와."

안 그래도 가려고 했거든.

터벅터벅.

이제 기습이고 뭐고 물 건너갔으니 발소리 죽일 필요도 없다.

어차피 엎질러진 물.

난 성큼성큼 태진이에게 다가갔다.

"내가 지금 널 반 죽여놓고 싶은데, 그러다가 아까운 술기운 다 날아갈 거 같아서 기회를 줄게. 이 새끼 보이지?"

태진이는 턱짓으로 남학생을 가리켰다.

"지웅아, 요즘 후배들은 선배 무서운 걸 모르나 봐. 이 새끼가 아까부터 버틴다. 네가 대신 교육 좀 시켜라."

"…뭐?"

"사이즈 보니까 가방이랑 신발이랑 하나같이 메이커야. 털면 한 십만 원은 나올 것 같은데. 그치?"

그러자 상호와 상진이가 맞장구를 친다.

"십만 원이 뭐야? 한 이십은 나오겠다."

"이십이 뭐야? 한 삼십은 나오겠다."

"하하하! 삼십이 뭐냐? 한 오십은 나오겠네!"

"오십? 그럼 난 백!"

"받고 이백, 새끼야!"

"받고 삼……!"

빡!

"컥."

태진이가 상호의 뒤통수를 갈겼다.

“미친 새끼들이 분위기 파악 못하고.”

태진이의 인상 한 번에 상호와 상진이는 잔뜩 주눅이 들었다.

툭.

태진이가 내 어깨를 가볍게 두들겼다.

“할 수 있지? 만약에 십만 원 털지 못하면, 부족한 건 네가 메꿔야 한다.”

내 시선이 1학년에게 향했다.

곱상하게 생긴 남자애였다.

키는 그 나이 또래 애들의 평균이었다.

그런데… 입을 앙다물고 있는 그 아이의 얼굴은 크게 겁먹은 기색이 아니었다.

특히 눈이 살아 있었다.

“일단 한 대 쳐. 할 수 있지? 이렇게 주먹 말아 쥐고.”

태진이가 한 손으로 내 주먹을 말았다.

“이제 죽빵을 날려. 빽! 해봐.”

주먹을 쥔 손에 절로 힘이 들어간다.

1학년을 때리기 위해서? 절대 아니다.

맞을 놈은 따로 있다.

“빨리 해, 새끼야! 안 하면 네가 맞는다.”

태진이가 날 재촉했다.

"어서!"

빡!

내 뒤통수에서 둔탁한 충격이 전해졌다.

태진이가 주먹으로 때린 것이다.

그래, 조금 더 때려라.

아주 화끈하게 저지르게!

"해! 하라고! 해, 병신아!"

빡빡빡!

태진이의 손이 내 뒤통수를 계속해서 갈겼다.

속에서 악이 차오른다.

"빨리 해!"

그래, 해줄게, 썅!

빡!

태진이의 주먹이 한 번 더 내 뒤통수를 때리는 순간, 녀석에게로 몸을 돌렸다.

그리고.

"낭아권!"

스킬을 시전했다.

순간 말아 쥔 내 오른 주먹이.

쐐애액!

바람을 가르는 파공성과 함께 튀어나갔다.

빼어어어억!

"커억!"

낭아권이 태진이의 복부에 틀어박혔다.

가죽 터지는 소리가 들렸다. 태진이의 몸이 붕 떠서 뒤로 날아갔다. 상호와 상진이의 고개가 태진이의 동선을 따라 움직였다.

그런데 실수했다.

태진이가 그대로 날아간다면 뒤에 있는 남학생과 부딪힐 판이다.

한데, 남학생이 몸을 슬쩍 틀었다. 태진이는 아슬아슬하게 남학생을 스치고 지나갔다.

퍽!

담벼락에 등을 부딪힌 태진이는 앞으로 고꾸라졌다. 그리고 아무런 미동도 없었다.

일격에 정신을 잃은 것이다.

상호와 상진이가 태진이를 바라보다가 내게 시선을 돌렸다.

녀석들의 눈엔 놀라움과 분노가 복잡하게 뒤섞여 있었다.

"이 새끼가!"

상호가 내게 달려들었다.

어? 이럴 땐 어떻게 해야 되는 거지?

제대로 된 싸움을 해본 적이 없는 나다.

낭아권을 시전하는 것 말고는 뭘 해야 하는지 제반 지식이나 경험 같은 게 전무하다.

내가 어리바리하는 사이, 지척까지 다가온 상호의 주먹이 날아왔다.

퍽!

코가 살짝 얼얼했다.

정통으로 안면을 얻어맞은 모양이다.

하지만, 그것으로 다였다.

편의점 양아치의 주먹이 그랬던 것처럼, 상호의 주먹도 내게 큰 타격을 주지 못했다.

난 뒤로 밀려나지도 않은 채 상호의 주먹을 받아냈다.

상호는 내 얼굴에 주먹을 박은 자세 그대로 어리둥절해하며 날 바라봤다.

"뭐, 뭐야, 이 새끼?"

"……."

이걸로 완벽하게 전세 역전.

놈들의 주먹은 나한테 아무런 충격도 주지 못한다.

그렇다면 굳이 낭아권을 시전하지 않더라도 상관없다.

일단 받은 것부터 돌려주고!

빽!

"컥!"

주먹으로 상호의 얼굴을 쳤다.

태어나서 처음으로, 기술의 시전 없이, 오로지 내 의지로 내 몸을 움직여 사람을 때려봤다.

"후우! 후우!"

이건 어떤 기분인지 모르겠다.

대단히 흥분된다.

아드레날린이 쫙 퍼지며 몸이 솜뭉치가 되어 허공에 붕 뜬 것 같다.

머리부터 발끝까지 찌릿찌릿하는 게 전기에 감전이라도 된 것 같다.

상호는 얼굴을 움켜쥐고 뒤로 널브러졌다.

그런 상호에게 상진이가 놀라서 다가갔다.

"상진아! 괜찮아?"

…쓰러진 녀석이 상진이고 멀쩡한 놈이 상호였구나.

쌍둥이다 보니 헷갈렸다.

상진이를 품에 안아 흔들어대던 상호가 눈을 희번덕거리며 날 노려봤다.

상진이도 태진이처럼 내 주먹 한 방에 정신을 잃었다.

"너 진짜 뒈지고 싶냐!"

상호가 벌떡 일어서며 소리쳤다.

"그거… 내가 할 소리 같은데."

이젠 나도 담이 커졌다.

태진이 패거리가 내게 공포의 대상이었던 이유는 놈들에게 거슬리는 행동을 할 경우 육체적 고통이 뒤따랐기 때문이다.

내게 어떠한 고통도 줄 수 없는 입장이 된 놈들을 계속 무서워할 필요는 없었다.

너무 약해 빠져서 이제는 분노가 치밀지도 않는다.

내가 얻은 힘으로 초전박살을 내주리라 다짐했었다.

하지만 그럴 필요성을 느끼지 못하겠다.

"이 개새끼가!"

상호가 냅다 달려와 발을 뻗었다.

난 그걸 피하지 않고 그대로 맞았다.

퍽.

내 배에 상호의 발이 꽂혔다.

하지만 튕겨 나간 건 내가 아니라 상호였다.

"윽!"

털썩.

엉덩방아를 찧은 상호가 다시 일어나서 달려들려 했다.

하지만 이번엔 내가 더 빨랐다.

상호의 코앞으로 다가감과 동시에 주먹을 질렀다.

어떤 식으로 주먹을 쥐어야 하고, 어떻게 뻗어야 효과적인지 그런 건 모른다.

지금 나와 상호의 힘 차이는 어른과 갓난아이를 비교하면 적절할 것이다.

어른의 주먹은 아무렇게나 휘둘러도 갓난아이에게 치명타가 된다.

퍽!

"억!"

내 주먹에 배를 얻어맞은 상호가 눈을 크게 뜨고 입을 쩍 벌렸다.

허리를 직각으로 굽혀 두 손으로 배를 움켜쥔 채 비틀거리며 뒤로 물러났다.

그러다 결국.

털썩.

두 놈과 마찬가지로 널브러졌다.

"후우우."

싸움을 시작할 때보다, 이렇게 맞서고 나니 오히려 마음이 확 진정되었다.

띠링!

—태진이 패거리한테 삥 뜯길 뻔한 후배를 도와주었네요. 그래요, 링크로 얻은 힘은 그런 데 쓰라고 있는 거예요. 선행을 쌓아 1링크가 주어집니다.

그렇지.

저 남학생만 도움을 바랐을 테니, 1링크가 주어지는 게 맞다.

"너, 너 이 개새끼! 이따가 보자!"

상호와 상진이가 기절한 태진이를 부축하고 부리나케 도망갔다.

이런 순간을 너무나도 많이 바랐는데, 막상 이토록 쉽게 정리되니 어쩐지 허무했다.

"괜찮아?"

난 남학생에게 물었다.

남학생은 고개를 끄덕이더니 빙그레 미소 지었다.

녀석은 키가 살짝 작아서 그렇지 얼굴은 기가 막히게 잘생겼다.

남자치고 상당히 곱게 생긴 게 전형적인 미소년의 이미지였다.

마치 순정 만화 속에서 튀어나온 것 같은 외모였다. 그래서 그런지 험한 일 한 번 안 해봤을 것 같았다.

그 때문에 태진이 패거리가 만만하게 보고 끌고 갔나 보다.

“도와주셔서 감사해요, 선배.”

학교를 다니며 처음으로 듣는 선배란 호칭이 여간 어색한 게 아니었다.

“선배는 무슨… 그냥 형이라고 불러. 일단 학교 가면서 얘기하자. 이러다 지각하겠다.”

“네.”

Chapter 6
연을 맺다

교문을 지나며 좀 전에 있었던 일을 떠올렸다. 새삼 진짜인가 의심이 들었다. 그만큼 실감이 나지 않았다.

태진이 패거리를 힘으로 제압하는 건, 늘 상상 속에서만 가능했던 일이다.

그런데 그게 현실에서 벌어졌다.

기분이 참 묘했다.

"저기… 형."

"응?"

"이름이 어떻게 되세요?"

그러고 보니 내 생각에만 빠져서 대화도 한마디 나누지 않고 있었다.

"유지웅. 넌?"

"연이랑이에요."

"연이랑? 연씨야?"

"네."

"특이 성이네."

"그런데 형, 혹시 무술 같은 거 배웠어요?"

"아니? 그런 거 배운 적 없는데."

"근데… 몸이 장난 아닌 것 같은데. 그리고 주먹도 엄청 세고. 그 정도 치는 사람 고딩 중엔 거의 없어요."

"그런가?"

하긴 효도르에 버금가는 육신을 얻었으니, 그럴 만도 하다.

그건 그렇고 이 녀석도 작은 덩치와 곱상한 얼굴에 비해 깡이 대단했었다.

태진이 패거리 셋을 코앞에 두고서도 눈 하나 깜빡 안 했다.

게다가 나한테 얻어맞고 코앞에서 날아드는 태진이를 가볍게 피했다.

반사 신경이 보통이 아니었다.

"너야말로 보통내기가 아니던데? 깡도 제법이고."

그러자 이랑이가 머쓱하게 웃었다.

"사실 그런 양아치들 하나도 안 무서워요."

"뭐? 그런데 왜 가만히 당하고만 있었어? 아니면 네가 때려 눕히려는 순간 내가 오지랖 부린 거야?"

"그런 건 아니에요. 아마 때렸으면 반항도 못 해보고 맞아야 했을 거예요."

이놈 도대체 정체가 뭐야?

궁금해하는 사이 어느덧 교문 안으로 들어섰다.

이랑이는 잠시 닫았던 입을 다시 열었다.

"사실 저 무술을 배우거든요."

"무술?"

"네. 극천무라고 우리나라 고유의 무술 중 하난데, 아는 사람이 아무도 없어요."

"왜?"

"일인전승이거든요."

일인전승이라 함은, 단 한 명에게만 전승된다는 뜻이다.

무협 책을 보면 일인전승되어지는 무술이라든가 하는 것이 많이 나온다.

나도 무협 책을 보며 일인전승이란 말을 알게 되었다.

한데 그렇다는 말은.

"네가 극천무라는 걸 일인전승으로 전수받고 있단 말이야?"

"네. 저는 친할아버지한테 전수받았어요."

"그게 그럼 연씨 가문이 만든 무술이야?"

"그런 건 아니에요. 가문의 사람에게만 일인전승되는 건 아니거든요. 지금에 와서는 뿌리가 어디인지도 희미해졌어요. 하지만 극천무는 계속 이어져 내려오고 있구요."

"극천무라는 게 쉽게 말하자면 택견 같은 거지?"

"맞아요."

"신기하네. 그런 무술을 하는 사람도 만나고."

"저는 형이 더 신기해요. 무술도 배우지 않았으면서 어떻게 그런 주먹을 가지고 있는 건지."

"아, 그럼 네가 어느 정도 반항할 수 있는 거 아니었어? 왜 가만히 있었어?"

"아버지가 극천무로 나보다 약한 사람은 되도록 때리고 다니지 말라 그러셨거든요. 그래서 난감하던 참이었어요. 때릴 수도 없고, 그냥 맞을 수도 없고. 근데 형이 도와준 거예요. 진짜 고마워요."

이 녀석, 반항 정도가 아니라 그냥 때려눕힐 수 있었다는 식으로 말을 한다.

자기 실력에 상당히 자신이 있는 모양이다.

"아니야. 너도 봐서 알겠지만, 그놈들 나랑도 악연이거든."

"그러고 보니까 그 인간들, 형한테 막 대하던데. 평소에도 그렇게 했던 것처럼."

막 대했지.

아니, 막 대한 정도를 넘어섰지.

하루하루가 어찌나 지옥 같았는지 모른다.

"네 말이 맞아. 고등학교 입학한 순간부터 지금까지 지겹게 괴롭혔어."

"왜 당하고만 있었어요?"

그러게.

난 왜 속으로만 놈들을 욕하면서 단 한 번 제대로 덤벼볼 생각은 못 했을까.

딱 한 발.

한 발만 앞으로 내디디면 되는 거였다.

그럼 다른 발이 나간 발을 따라온다.

일과 백 사이는 큰 차이가 없지만, 영과 일 사이는 엄청난 차이가 있다.

해보는 것과 시도조차 안 해보는 것.

그리고 무언가를 시도하기 위해서 필요한 것, 그것은.

"용기가 부족했던 거지."

"그럼 오늘부터 용기 내게 된 거예요?"

"그런 셈이지?"

나와 이랑이가 서로를 바라보며 히죽 웃었다.

그런데 이랑이 이 녀석 웃는 얼굴이 꼭 강아지를 닮았다. 게다가 눈 밑에 애교살도 두둑한 것이, 미소만 지어도 여자들이 홀딱 넘어올 상이다.

몇 마디 주고받는 사이 본관 건물에 다다랐다.

1학년은 1층, 3학년은 3층에 교실이 있다.

그런데 이랑이는 나를 따라 2층 계단을 밟았다.

"너 어디 가려고?"

"아~ 누나가 오늘 지갑 놓고 갔다 그래서 전해주려구요."

"누나가 있어?"

"네. 형이랑 같은 3학년이에요."

난 1반에 도착했고, 이랑이도 날 따라 1반으로 들어섰다.

"누나가 나랑 같은 반인가 보네?"

"네."

가만… 그러고 보니 이 녀석 이름이 연이랑이랬지?

우리 반에도 비슷한 이름을 가진 여학생이 있다.

연아랑.

언감생심 내가 가슴속에 담아둘 엄두도 나지 않는 예쁜 여자아이.

공부도 잘하고, 밝고, 잘 웃고, 친절하고, 교우 관계도 원만

하고, 엄친딸이 따로 없다.

"누나~!"

이랑이의 부름에 교실에 있던 아이들이 시선을 돌렸다.

그 속엔 창가 중간쯤 위치한 책상에 앉아 여학생들과 수다를 떨던 아랑이도 있었다.

"이랑아~"

아랑이가 내 쪽으로 다가왔다.

그리고 이랑이를 바라보는 여학생들의 눈이 휘둥그레졌다.

확실히 이랑이가 여자들 홀리게 만들기 딱 좋은 얼굴이긴 하지.

아랑이가 코앞에 다가왔다.

"지웅아, 안녕?"

"어… 아, 안녕."

아랑이를 이렇게 가까이서 본 건 처음이다.

가끔 내게 인사를 건네주긴 했지만, 그게 다였다.

아랑이랑은 제대로 대화를 나눠본 적도 없었다.

"여기, 지갑."

이랑이가 아랑이에게 지갑을 건네주었다.

"고마워."

"근데 지웅 형이랑 누나랑 같은 반이었네?"

"응? 지웅이 알아?"

"아까 학교 오다가 양아치 같은 인간들이 나 삥 뜯으려고 그랬어. 그런데 지웅 형이 그놈들 쥐 패줬어."

"진짜?"

아랑이가 놀란 눈으로 날 바라봤다.

그러더니 고개를 갸웃거렸다.

"그런데 지웅아… 너 뭔가 좀 달라진 것 같은데? 아닌가?"

달라졌겠지.

비실비실하던 인간이 근육질이 되었으니.

"누나, 지웅이 형이 나 도와줬다니까?"

"아, 그랬댔지. 고마워, 지웅아."

"아니… 뭐."

"근데……."

아랑이가 뭔가를 말하려다 입을 닫았다.

솔직히 이랑이의 말이 믿기지 않겠지.

내가 맨날 태진이 패거리한테 시달리며 사는 걸 익히 봐왔을 테니까.

"아무튼 지웅 형, 오늘 고마웠어요. 앞으로 알은척하고 지내요~!"

"그래, 그러자."

"누나도 지웅 형한테 잘해줘!"

"알았어~ 얼른 가봐."

이랑이가 교실을 나가자 여학생들이 아랑이에게 몰려들어 질문 공세를 퍼부었다.

"아랑아, 동생이야?"

"응."

"우와~ 진짜 귀엽다. 완전 존잘!"

"너네 집 유전자 진짜 대단하다. 겁나 부러워."

"난 저런 애가 친동생이면 사랑에 빠질 거야."

"아랑아, 나 동생 좀 소개시켜 주라!"

"미친년! 아랑이 동생을 네 솔로 탈출의 제물로 삼지 마."

조잘조잘 떠들어대는 여학생들 틈에서 빠져나와 내 자리에 앉았다.

내 자리는 창가 쪽 맨 뒤다.

그런데 그런 내게 아랑이가 다가왔다.

"지웅아."

"응?"

"정말 네가 이랑이 도와준 거야?"

"응… 그랬는데?"

"아, 미안. 기분 나쁘게 들렸지? 난 다른 뜻으로 말한 게 아니라… 워낙 상상이 잘 안 돼서."

"나도 믿기 힘든데, 사실이야."

"아… 그래. 아무튼 정말 고마워. 우리 이랑이는 함부로 싸우면 안 되거든."

"들었어. 무슨 극천무 일인전승자라며?"

"이랑이가 그런 말도 했어?"

"응. 비밀이야?"

"아니… 딱히 비밀은 아니지만 걔 다른 사람한테 자기 얘기 같은 거 잘 안 하거든. 지웅이 정말 마음에 들었나 보다."

"나도 이랑이 싹싹해서 좋더라."

"걔가 그렇게 남을 싹싹하게 대하는 거 난 처음 봐. 얼마나 까칠하다고."

"정말?"

"응."

나와 대화할 때는 전혀 그런 느낌을 받지 못했다.

아무래도 이랑이한테 엄청나게 점수를 딴 모양이다.

"그리고 지웅아, 이건 그냥 하는 말이니까 괜한 참견 한다고 생각지 말았으면 해."

"뭘?"

"남을 도와주는 것도 좋지만, 지금은 너 자신을 가장 도와야 할 때가 아닐까 싶어."

"아… 무슨 말인지 알겠어. 고마워."

"다음에 시간 될 때 밥 한번 살게."

"밥은 무슨, 괜찮아."

"아니야. 이랑이랑 같이 보자. 이번 주말에 시간 어때?"

"주말에… 별 약속은 없는데?"

"그럼 토요일날 점심 먹자. 열두 시까지 조각 공원에서 보는 걸로. 어때?"

어떠냐니?

완전 좋지!

"알았어."

"그래. 그럼 그때 봐."

이랑이가 자기 자리로 돌아갔다.

이거 상황이 뭐가 어떻게 진행되는 거지?

토요일이면… 모레잖아?

나 지금 모레 아랑이랑 점심 약속 잡힌 거야?

믿을 수가 없었다.

우리 반에서 외모로는 최고인 아랑이와 점심을 먹게 되다니!

심정 같아서는 만세라도 외치고 싶었다.

얼떨떨한 정신을 다잡고 나니, 그제야 내가 잠깐 잊고 있던 존재가 떠올랐다.

'그러고 보니 카시아스는 어디 갔지?'

아까 이랑이를 도와주는 시점부터 이 녀석이 보이질 않

는다.

그때 무언가가 내 발목을 툭 건드렸다.

[나 찾냐?]

동시에 머릿속에서 카시아스의 목소리가 들렸다.

텔레파시 마법이었다.

난 바닥을 내려다봤지만 카시아스의 모습은 보이지 않았다.

[카시아스? 투명 마법 쓴 거야?]

[그래.]

[언제부터 여기 있었어?]

[계속 따라다녔어.]

[그랬구나.]

[그나저나 주변에 미인들이 꼬이는구나.]

[그러게… 나도 놀랍다.]

[네가 변하니까 네 주변 상황이 변하는 거다. 원래 여자들은 강한 남성에게 본능적으로 끌리게 되어 있는 법이지.]

[연애 박사 나셨네. 여자를 그렇게 잘 알아?]

[누구보다 잘 알지.]

[잘났다.]

하여튼 말하는 게 묘하게 얄밉다니까.

하지만 따지고 보면 내가 이랑이와 연을 맺게 된 것도, 그리고 아랑이와의 관계가 한발 앞으로 나아간 것도 전부 카시아스 덕이다.

고맙다, 똥고양이.

*　　　*　　　*

지루한 오전 수업이 모두 끝나고 점심시간이 되었다.

식당은 점심을 먹으러 온 학생들로 바글거렸다.

점심시간은 항상 내게 곤욕이다.

나와 같이 식사를 하려는 친구가 없기 때문이다.

그런데 오늘은 달랐다.

식판에 음식을 담아 사람이 없는 곳에 자리를 잡고 앉았는데, 내 중학교 친구 상덕이가 옆에 앉았다.

"…뭐냐?"

내가 묻자 상덕이가 헤실거리며 웃었다.

"밥 같이 먹으려고."

"누가 그걸 몰라서 물어? 같이 왕따당할까 봐 평소엔 알은척도 안 하더니 어쩐 일이냐고?"

"아니… 너 좀 달라진 거 같아서. 그리고 오늘 태진이 패거리도 학교에 안 왔고……."

그거였구만.

우리 반에서 왕따를 주동하는 건 태진이 패거리다.

그놈들이 학교에 나오지 않았으니 안심하고 내 옆으로 온 것이었다.

"네가 친구냐?"

"학교 끝나면 가끔 연락하잖아."

"치사한 새끼."

"근데… 아까 아랑이랑 무슨 얘기했어?"

"아무 얘기도 안 했어."

"거짓말하고 있네."

"밥 먹으러 왔으면 밥이나 처먹어."

"밥은 먹지 말래도 먹을 거야. 근데 그냥 밥만 먹으면 좀 퍽퍽하잖아. 대화도 하면서 먹자."

"무슨 대화?"

"사실 내가 요즘 고민이 좀 있거든."

"그럼 학교 끝나고 얘기해."

"아, 되게 빡빡하게 구네, 진짜."

그러게 평소에 좀 잘하지.

상덕이가 툴툴대거나 말거나 난 밥을 먹었다.

상덕이는 그런 내 옆에서 진짜 큰 고민인데 이렇게 무시할 수가 있느냐며, 인간이 변했네, 의리가 없네, 별의별 소리를 주절주절 늘어놓았다.

그런데 그때, 식당 입구 쪽에서 우당탕! 하는 소리와 여학생들의 비명이 들려왔다.

"꺄악!"

"비켜! 이 씹새끼들아!"

나와 상덕이가 소란이 이는 곳으로 시선을 돌렸다.

거기엔 태진이가 한 손에 야구방망이를 들고 눈을 희번덕거리며 서 있었다.

상호와 상진이도 보였다.

"유지웅, 이 개새끼 어디 갔어!"

퍽!

"악!"

태진이가 악을 쓰며 근처에 있던 남학생을 야구방망이로 후려쳤다.

영문도 모른 채 얻어맞은 남학생이 그대로 바닥을 굴렀다.

그 광경을 본 상덕이가 식판을 들고 부리나케 도망쳤다.

그러더니 멀리 떨어진 테이블에 앉아 딴청을 부렸다.

"유지웅!"

퍽!

콰당탕!

태진이가 식당의 의자를 걷어차며 날 찾았다.

여기저기서 학생들이 수근대는 소리가 들렸다.

"유지웅이 누구야?"

"어떻게 해… 누가 좀 말려봐."

"선생님 불러와야 하는 거 아냐?"

식당에 있던 모든 학생의 시선이 태진이에게 향했다.

그중엔 태진이보다 더 주먹을 잘 쓰는 학생도 있었다.

그런데 아무도 미쳐 버린 태진이를 제지하지 않았다.

학생들은 태진이의 앞길을 터주었다.

그제야 녀석은 날 발견하고서 성큼성큼 다가왔다.

"유지웅, 이 씨팔새끼야!"

쾅!

태진이가 앞을 가로막던 의자를 걷어찼다.

그리고 빠르게 달려 책상을 밟고 붕 날더니 내 정수리를 향해 야구방망이를 휘둘렀다.

저 정도는 맞아도 아프지 않을 것이라는 걸 안다. 이제 내 몸은 그런 몸이니까. 그런데 한순간 엄습하는 공포가 눈을 감게 했다.

그때.

[눈 떠!]

머릿속에서 카시아스의 음성이 울렸다.

감았던 눈을 뜨고 다가오는 야구방망이를 바라봤다.

[주먹 쥐고 아무 데나 휘둘러!]

이런저런 생각을 할 새가 없었다.

다급히 주먹을 내질렀다.

퍽! 퍼억!

주먹을 휘두르느라 몸이 앞으로 나아가는 바람에 야구방망이는 내 어깨를 때렸다.

동시에 내 주먹이 태진이의 가슴을 가격했다.

"컥!"

태진이가 숨 막히는 소리와 함께 뒤로 날아가 테이블에 부딪혀 널브러졌다.

쿠당탕!

"크헉! 억……!"

태진이는 계속 가슴을 움켜쥐고 괴로워했다.

반면 내 어깨는 그냥 좀 뻐근한 정도였다.

녀석이 놓친 야구방망이가 바닥을 굴렀다.

[그거 들어.]

카시아스의 말이었다.

[이런 부류의 인간들은 제대로 밟아놓지 않으면 또 기어올라. 한번 손볼 때 제대로 손봐야 돼. 다음번엔 네 눈만 봐도 오줌을 지리도록.]

머릿속이 하얗다.

어떤 이성적인 사고 같은 게 잘되지 않는다.

그저 카시아스가 시키는 대로 야구방망이를 들었다.

넘어진 태진이를 부축하던 상진이와 상호가 놀라서 굳었다.

"이 개새끼들아아아아!"

갑자기 가슴 속에 참아왔던 울분이 터져 나왔다.

녀석들에게 당한 지난 세월이 필름처럼 스치고 지나갔다.

아무런 이유도 없었다.

그냥 내가 가장 만만했기에 장난감처럼 갖고 놀았다.

내 기분 따위 안중에도 없이 괴롭히고, 때리고, 심부름을 시키고, 노예처럼 부리면서 온갖 수치심을 안겨주었다.

정신없이 달려가 야구방망이를 휘둘렀다.

빽!

"아악!"

상호가 머리를 움켜쥐고 쓰러졌다.

퍽! 퍽!

"크악!"

상진이는 어깨와 허벅지를 얻어맞고서 주저앉았다.

그에 태진이가 벌떡 일어서서 주먹을 휘둘렀다.

하지만 내 야구방망이가 더 빨랐다.

빼억!

"컥!"

야구공을 때리는 것처럼 휘두른 야구방망이에 태진이가 복부를 얻어맞았다.

놈의 다리가 후들거렸다.

그런 녀석의 어깨를 다시 한 번 후려쳤다.

빽!

"끄으……!"

태진이가 비틀거리더니 다시 넘어졌다.

바닥에 쓰러진 세 놈을 난 정신없이 두들겨 팼다.

퍽퍽퍽퍽퍽퍽퍽!

야구방망이는 쉴 새 없이 불을 뿜었다.

처음에는 반항을 하려던 세 놈이 갈수록 축 늘어지더니 이제는 반항도 제대로 못하고 꿈틀거렸다.

"형! 이러다 죽겠어요!"

누군가 와서 날 뜯어말렸다.

이랑이였다.

"허억! 허억! 허억! 허억!"

난 겨우 방망이질을 멈췄다.

그제야 정신이 돌아온 것 같은 기분이었다.

태진이 패거리는 몰골이 말이 아니었다.

옷 밖으로 드러난 곳곳에 피멍이 들었다.

아마 어디 한두 군데는 부러졌을 것이다.

카시아스가 시키는 대로 하긴 했는데, 뒷수습이 문제였다.

고3의 마지막 겨울.

이제 수능을 치고 나면 졸업을 코앞에 둔 시점인데 큰 문제를 저질렀으니 학교에서 짤리는 게 아닌가 싶었다.

[뒷수습을 해줘야겠지?]

한데 카시아스가 의미심장한 말을 내뱉었다.

순간 무언가 이상한 기운이 나를 스쳐 태진이 패거리에게 스며드는 것 같은 기분이 들었다.

그러자 놀랍게도 태진이 패거리의 몸에 있던 피멍이 사라졌다.

[뭘 한 거야?]

카시아스에게 묻자 그가 대답했다.

[상처를 치료해 준 거다. 신 나게 두들겨 팼어도 뒤탈 나지 않도록.]

마법사라더니 별걸 다 한다.

난 들고 있던 야구방망이를 내던졌다.

타탕.

알루미늄 방망이가 요란한 소리를 냈다.

아이들은 모두 나와 태진이 패거리를 둘러싼 채 침묵만을 지켰다.

그때였다.

띠링!

—신성한 점심시간에 난동을 피워 식당에 있던 학생들을 불편하게 만든 태진이 패거리를 혼내줬습니다. 선행을 쌓아 218링크가 주어집니다.

'뭐?!'

그야말로 놀랄 노자다.

난 이게 설마 선행이 될 것이라고는 생각지 못했다.

게다가 들어온 링크가 1, 2링크도 아니고 무려 218링크였다.

말인즉 218명이나 되는 학생이 도움을 바랐다는 것이다.

'이 식당에 있던 학생 중 218명이 태진이 패거리를 제압해 주길 바랐던 거야?'

가만 생각해 보면 그게 무리도 아니다.

태진이 패거리는 고3이 되어서도 정신 못 차리고 학생들을 괴롭혀 댔다.

한데 뒷배경이 좋은 건지 학교 내에서 큰 처벌을 받은 적이 없었다.

태진이의 아버지가 정치 쪽 일을 하고 있다는 소문을 들은 적은 있지만, 진의 여부는 확실치가 않다.

아무튼 그러다 보니 나만큼은 아니더라도 태진이 패거리를 불편해하는 학생은 학교에 제법 많았다.

한데 태진이가 야구방망이를 들고 식당에 쳐들어와 아무 상관없는 학생들을 후려치며 공포 분위기를 조성했다.

당연히 그런 태진이를 막아주길 바라는 학생이 많았을 것이다.

'218링크면… 제법 괜찮은 영혼의 힘을 살 수 있을지도 몰라!'

그 힘이 엄마의 병을 고치는 데 도움이 될 만한 것이기를.

그렇게만 된다면… 우리 가족은 얼마든지 다시 일어설 수 있다.

내가 환희에 차 미소 짓던 그때.

"무슨 일이냐!"

게슈타포가 식당에 들어왔다.

Chapter 7
첫 번째 아티팩트 레이븐 링

게슈타포는 나와 태진이 패거리를 체육실로 데려갔다.

우리 넷은 게슈타포 앞에 나란히 섰다.

게슈타포가 미간을 잔뜩 구긴 채, 위압적인 음성으로 물었다.

"식당에 있던 학생들 말로는 태진이가 먼저 야구방망이를 휘둘렀고, 지웅이는 그 야구방망이를 빼앗아 태진이와 상호, 상진이를 구타했다는데, 사실이냐?"

"네. 거의 죽으라는 심정으로 팬 것 같아요, 저 새끼."

태진이가 날 노려보며 말했다.

그러자 게슈타포가 고개를 갸웃거렸다.

"그렇게 얻어맞은 것치고는 너무 멀쩡하지 않나?"

"…네?"

"내가 보기엔 아무 데도 다친 곳이 없어 보이는데. 아닌가?"

"선생님! 식당에 있던 애들이 하는 말 들었잖아요? 진짜 죽을 뻔했다니까요?"

"웃통 까봐."

"왜요?"

"그렇게 작정하고 두들겨 댔으면 어디 멍 자국이라도 하나 있을 것 아니냐. 어서 까봐!"

게슈타포의 고함에 태진이 패거리는 어쩔 수 없이 상의를 벗었다.

하지만 이미 카시아스의 마법으로 상처가 다 치료된 상태인지라 놈들의 몸은 멀쩡했다.

"아무 데도 다친 곳이 없는데, 심하게 맞았다고?"

"그렇다니까요!"

"평소에 지웅이를 괴롭히는 건 오히려 너희 놈들이었던 걸로 안다."

"네? 괴롭히다니요? 우리가 지웅이를요?"

태진이는 딱 잡아뗐다.

그에 게슈타포가 선글라스를 벗고 태진이를 노려봤다.

그 강렬한 눈빛에 태진이가 움찔거렸다.

"장태진, 이 새끼야. 선생님들이 쉬쉬해 주니까 아무것도 모르는 줄 알고 천둥벌거숭이마냥 날뛰지? 네가 반에서 왕따 분위기 조성하는 거 다 안다. 지웅이는 재수 더럽게 없지. 너랑 3년 내내 같은 반 되면서 계속 시달렸으니까. 저번 체육 시간에 매점 갔다 온 것도 네가 시킨 거 알고 있어!"

뭐? 그걸 알고 있었어?

아니, 그런데 왜 나한테 뭐라 그런 거야?

"하지만 내가 태진이 너를 잡는다고 왕따 문제가 해결되는 건 아니다. 왕따를 벗어나려면 당하는 본인의 의지도 필요해. 지웅이에겐 그런 의지가 없었으니 내가 아예 개입하지를 않은 거다."

"하… 그래요. 그랬다 치자구요. 그런데요 지금 중요한 건, 우리가 지웅이한테 야구방망이로 두들겨 맞았다는 거라구요!"

그에 게슈타포가 내게 물었다.

"정말이냐?"

순간 카시아스가 텔레파시를 전했다.

[아니라고 발뺌해.]

"아닙니다."

"아니야?"

[모션만 크게 취하면서 바닥이랑 테이블을 때리기만 했습

니다. 사람은 때리지 않았습니다.]

“모션만 크게 취하면서 바닥이랑 테이블을 때리기만 했습니다. 사람은 때리지 않았습니다.”

그 말에 게슈타포가 태진이 패거리를 흘겨봤다.

“그랬다는데?”

“저 새끼가 거짓말하는 거라구요! 전 이 일, 이대로 못 넘어갑니다! 증인도 있고! 저 새끼 꼭 법으로 처벌받게 만들 거예요!”

“그래? 좋아. 그럼 그렇게 하자. 이 일 당장 공론화시켜서 여기저기 기사에도 싣자. 현 시의원의 장남이 점심시간 학교 급식실에 야구방망이를 들고 들어와 애꿎은 학생 두 명을 구타, 이후 다른 학생을 또 구타하려 했으나 도리어 얻어맞았다고 주장했지만 상처는 아무 데도 없었다. 어때? 이런 기사 나가면 너희 아버지께서 대단히 좋아하시겠지?”

“……!”

태진이의 얼굴이 굳었다.

“이제 곧 시의원 선거일인데, 시기도 아주 좋지 않나?”

“…….”

태진이는 완전히 꿀 먹은 벙어리가 되었다.

그건 그렇고 태진이 아버지가 시의원이었어?

어쩐지 학교에서 무서운 거 없이 설치고 다니더라니.

태진이가 아무리 나대더라도 더 주먹 센 녀석들이 그냥 무시했던 이유를 이제야 알겠다.

"제대로 박치기 한번 해보고 싶나? 미리 말해두지만, 나 게슈타포다. 다른 선생들이랑 달라. 네놈 그 잘난 시의원 아버지가 압박을 넣으려 한다면 교직원 자리 던져 버릴 각오로 부딪친다."

게슈타포의 선전포고에 태진이는 완전히 기가 눌렸다.

"그렇게 해? 대답해, 장태진!"

"…아니요."

"그럼 어떻게 할까? 너희는 맞았다고 주장하지만 다친 곳은 아무 데도 없으니, 지웅이와의 문제는 접어두고 괜히 너한테 얻어맞은 학생 두 명의 일을 정리해야겠지?"

"네."

"확실히 사과하고, 법대로 변상하고 교칙대로 벌을 받아라. 그러면 공론화시키지 않겠다. 알아들었나?"

"…네."

"태진이랑 상호, 상진이는 나가봐."

태진이 패거리가 체육실에서 나갔다.

이제 이곳엔 게슈타포와 나, 둘만 남게 되었다.

"유지웅."

"네."

"앞으로도 용기 잃지 말고 불의에 맞서라. 오늘처럼 네가 너를 구원해라. 그럼 주변에서도 널 도와줄 거다. 알았나?"

"알겠습니다."

"가보도록."

난 게슈타포에게 고개를 숙여 보인 뒤 밖으로 나왔다.

그런데 태진이 패거리가 가지 않고 서서 날 기다리고 있었다.

"뭐야?"

내가 물으니 태진이가 콧잔등을 씰룩이며 따졌다.

"너 이 새끼야, 분명히 야구방망이로 죽으라고 날 두들겼잖아."

"근데? 한 번 더 해줘?"

태진이가 내게 시비를 거는 사이 상호와 상진이는 핸드폰으로 어디엔가 쉴 새 없이 문자를 보내고 있었다.

지금 뭘 꾸미는 건지 알 만하다.

"그래, 한 번 더 해보자. 따라와."

태진이가 뒤돌아서 상호, 상진이와 어딘가로 향했다.

난 그 뒤를 따라 걸었다.

* * *

태진이 패거리가 날 인도해 간 곳은 학교 근처 뒷산이었다.

그런데 뒷산 공터에는 이미 서른 명가량의 남학생이 먼저 와서 우리를 기다리고 있었다.

아무래도 1, 2학년 학생들인 것 같았다.

태진이가 녀석들에게 다가가서 날 보고 돌아섰다.

"뭐 하자는 거냐?"

내가 물었다.

"오늘 여기서 아주 반 죽여놓으려고."

"쪽수로 밀어붙이겠다?"

"저 새끼, 긴장해서 후달리는데 안 그런 척하는 거 봐라."

태진이의 말에 상호와 상진이가 킥킥대며 한마디씩 내뱉었다.

"지렸지? 빤스 갈아입고 와~"

"놀래서 엄마 빤스 잘못 입고 오지 말고~"

그에 서른 명의 남학생이 동시에 웃음을 터뜨렸다.

"그러니까 여기서 한번 붙자고?"

"그래, 새끼야."

아무래도 안 되겠다.

이 인간들에겐 격의 차이를 확실히 보여줘야겠다.

주변을 둘러봤다. 그리고 가장 기둥이 굵은 나무로 다가갔다.

모든 이의 시선이 내게 향했다.

주먹을 말아 쥐었다. 기술을 시전하겠다는 의지를 불러일으켰다. 그리고 시동어를 외쳤다.

"낭아권!"

그러자.

쐐애애애애액!

강력하게 날아간 주먹이 나무 기둥을 후려쳤다.

쾅!

이번에는 전력을 다했다.

태진이를 상대할 때처럼 손속에 사정을 두지 않았다.

쩌적! 쩌저적!

나무 기둥의 타격점을 중심으로 굵직굵직한 금이 사방으로 퍼져 나갔다. 이내 나무 기둥엔 커다란 균열이 일어났다. 힘을 잃은 나무 기둥은 더 이상 버티지 못하고 기울어졌다.

끄으으으으으으!

나무 기둥이 사람의 신음 같은 소리를 내며 쓰러지기 시작했다.

"피, 피해!"

멍청히 내가 하는 양을 바라보고 있던 학생들이 요란을 떨며 발을 바삐 놀렸다.

끄으으으으으! 콰앙!

부러진 나무는 흙바닥에 틀어박히며 매캐한 먼지를 일으

켰다.

난 당장 옆에 있던 바위에 올라갔다.

그리고 한 번 더 낭아권을 시전했다.

"낭아권!"

퍽!

이번에 내 주먹이 때린 건 올라선 그 바위였다.

속으로 과연 이걸 깨부술 수 있을까? 하는 의문이 들었으나, 그건 기우에 불과했다.

작정하고 휘두르는 낭아권의 파괴력은.

퍼서석!

바위를 산산조각 낼 정도로 엄청났다.

조금 전까지 바위가 있던 자리엔 큼직한 돌덩이들만 굴러다녔다.

그에 산에 있던 모든 학생이 눈이 튀어나오도록 크게 뜨고서 날 바라봤다.

"봤지? 잘 들어. 여기 있는 새끼 중 그 누구라도 한 번만 더 나한테 개기면! 그때 부러지는 건 나무가 아니라 니네들 허리다."

꿀꺽!

내 협박에 누군가가 마른침을 삼켰다.

"그리고 또 하나. 오늘 이 자리에서 본 거 함부로 떠들고 다니지 마라. 아가리 닥치라고. 만약에 입 잘못 놀렸다가 걸리면 터지는 건 바위가 아니라 니네들 대가리가 될 거야."

좌중에 침묵이 내려앉았다.

이번만큼은 태진이 패거리도 함부로 입을 열지 못했다.

상호와 상진이는 이미 다리를 부들부들 떨고 있었다.

태진이의 얼굴은 하얗게 질렸다.

녀석의 눈은 부러진 나무 기둥과 아작 난 바위를 바쁘게 오갔다.

"장태진."

"…어?"

태진이가 얼이 빠져 대답했다.

"이제 얼마 안 있으면 졸업이니까, 서로 모르는 척하고 살자."

"그, 그래. 알았다."

얼빠진 학생들을 뒤로하고 산에서 내려왔다.

이것으로 태진이와의 관계는 완전히 정리된 것이겠지.

"잘했다."

어느새 내 어깨에 올라탄 카시아스가 말했다.

"정말 지긋지긋한 놈이었어."

"앞으로 네가 힘을 얻게 되면 더 지긋지긋한 놈들도 상대해야 할 텐데, 뭘 이 정도 가지고 죽는 소리야."

"그건 또 뭔 말이야?"

"네가 변하면 주변 상황이 전부 변한다. 네가 큰 힘을 얻게 되면 그만큼 큰 사건들이 일어나게 되는 법이야. 이건 우주의 법칙 같은 거지. 하지만 그런 큰 사건을 이겨 나감으로써 너는 더욱 값진 것들을 손에 넣을 수 있게 될 거다."

생각해 보면 그 말이 맞는 것 같다.

내가 변하게 된 시점은 힘을 갖게 되면서부터였다.

그 이후로 주변에서 일어나는 사건이 전보다 굵직굵직한 것들로 바뀌었다.

어찌 되었든 난 그 사건을 모두 해결했다.

덤으로 이번에 218링크까지 얻었다.

"마인드 탭."

이름 : 유지웅

소속 : 지구, 대한민국

성별 : 남

나이 : 19

영력 : 2/2

영매 : 2

아티팩트 소켓 0/1

보유 링크 : 219

기존에 보유하고 있던 1링크가 더해져서 총 보유 링크는 219!

저 화려한 숫자를 보라.

이렇게 링크가 많은데 그냥 좋아만 하고 있을 순 없는 노릇이다.

"소울 커넥트!"

난 당장 소울 스토어와 접속을 시도했다.

주변의 광경이 허물어졌다.

어둠이 사위를 지배했고, 8개의 영혼이 보였다.

그중 두 개는 5링크짜리 파펠과 라모나고, 한 개는 10링크짜리 아르마였다.

즉 나머지 5개가 새로 나타난 영혼이었다.

5개의 영혼은 모두 빛의 세기가 미세하게 달랐다.

그 말은 영혼들의 등급이 모두 다르다는 것이다.

"어서 오세요, 지웅 님. 일분일초, 지웅 님이 다시 오시기를 손꼽아 기다리고 있었답니다. 어찌나 보고 싶었는지 모른다니까요."

갑자기 나타난 라헬이 허리를 90도로 숙이며 인사했다.

오호라~ 내가 가진 돈이 많아지니까 행동도 달라지는구나.

"브리핑부터 해보지?"

난 최대한 거만하게 들릴 수 있는 억양으로 말했다.

그러자 라헬이 굽혔던 허리를 펴며, 손가락을 딱! 튕겼다.

"지당하신 말씀! 그럼 일단 단돈 30링크면 살 수 있는 영혼, 리조네와 마르펭의 능력부터 설명해 드리겠습니다. 아, 두 영혼의 힘을 흡수하는 데 필요한 영력은 3입니다."

라헬이 왼쪽에서 네 번째 영혼을 가리켰다.

"리조네는 살아생전 타의 추종을 불허하는 절대미각의 소유자였답니다. 무엇이든 한 번 맛을 보면 잊는 법이 없었죠. 그리고 어떤 음식을 먹든 자신이 먹어본 재료나 향신료가 그 안에 들어가 있으면 귀신같이 알아맞혔답니다. 때문에 그녀는 데브게니안 대륙에 존재하는 모든 식재료를 섭렵한 뒤, 곳곳의 소문난 레스토랑을 방문하여 맛의 비밀을 알아내었습니다."

그것참, 대단한 미식가네.

"이후 목돈을 끌어와 그녀의 이름을 내건 레스토랑을 차렸죠. 그곳의 메뉴들은 리조네가 맛본 대륙의 뛰어난 요리들을 자신의 방식대로 조금씩 변형하여 내놓은 것이었습니다. 문제는 그렇게 재해석된 음식들이 원조의 맛을 뛰어넘었다는 것이죠. 그 덕분에 리조네는 요식업에서 큰 성공을 거둘 수 있었답니다. 간단히 말해서 리조네의 영혼이 가지고 있는 힘은 절대미각입니다."

저거다!

설명을 듣는 순간 내게 꼭 필요한 능력이라는 생각이 들었다.

현재 아버지가 운영하는 음식점은 주방을 보던 엄마가 병에 걸린 이후 모든 손님이 떨어져 나갔다.

아주머니를 고용해서 어떻게든 가게를 열고는 있지만, 실력이 영 아닌 모양이다.

그렇다고 비싸봤자 한 그릇에 육칠천 원 하는 음식점을 운영하면서 실력 좋은 주방장을 고용하기란 힘든 일이다.

지금 주방에 계신 솜씨 없는 아주머니에게 월급을 지불하기도 힘들다.

이대로는 방법이 없다.

무언가 해결책이 나와야 했다.

그런데 리조네의 능력이 나타났다.

역시 사람이 죽으란 법은 없는 모양이다.

라헬은 그 옆의 영혼을 가리키며 말했다.

"다음은 마르펭. 리조네와 마찬가지로 30링크로 살 수 있는 영혼입니다. 마르펭은 리조네의 친남동생입니다. 그의 가장 강한 힘은 뛰어난 요리 실력! 리조네가 레스토랑을 창업했을 때 주방장으로 일하던 사람이 바로 이 마르펭이었답니다~ 사실 마르펭은 대륙 일류는커녕 그가 평생을 살았던 라만자 왕국 내에서도 일류라고 하기엔 무리가 있는 실력이었습니다. 하지만 리조네의 절대미각이 마르펭의 요리 실력과 만나면서 엄청난 상승작용을 일으켰죠. 그러므로~ 마르펭의 능력을 사시려거든 리조네의 능력과 함께 세트로 사는 것이 좋을 것 같다는 제안을 드립니다."

절대미각과 뛰어난 요리 실력이라면 당연히 세트로 사는 게 맞다.

내가 그 두 가지 재능을 모두 가지고 있어야 무슨 음식을 만들더라도 만들 수 있을 테니.

이제 능력을 모르는 영혼의 수는 셋.

라헬이 그중 한 영혼을 가리켰다.

"이 영혼의 이름은 바레지나트. 100링크에 5의 영력이 필요합니다. 바레지나트의 능력은 뛰어난 민첩성과 근력입니다."

그건 내게 크게 필요한 능력은 아니다.

내가 심드렁한 반응을 보이자 라헬은 남은 두 영혼 중 왼쪽의 영혼을 가리키며 얼른 설명을 이어나갔다.

"이쪽에 있는 영혼의 이름은 마르카스. 150링크로 살 수 있고 필요한 영력은 7 되겠습니다. 마르카스의 능력은 화(火) 속성 초급 마법을 다룰 줄 아는 것이죠."

"화 속성 초급 마법?"

"네. 데브게니안 대륙엔 마법사들이 존재하죠. 마법사들은 다들 자기 적성에 맞는 마법을 익히게 되는데 마르카스의 경우는 화 속성 마법이 적성에 맞았답니다. 하지만 그의 재능이 뛰어난 편이 아닌지라 중급 단계에 발을 디뎌보지 못했습니다. 그러던 어느 날 시비가 붙었던 용병과의 싸움에서 철퇴에 머리가 터져 생을 마감했죠."

참 무시무시한 얘기를 웃는 얼굴로 잘도 해대는 라헬이다.

그때 카시아스가 끼어들었다.

"번(Burn). 한글로는 타오르다 정도 되려나? 데브게니안 대륙에선 화 속성 초급 마법의 단계를 그리 부른다."

"뭐? 그 세계에서도 영어 써?"

"당연히 네 녀석 지식에 맞게 이곳 언어로 바꿔서 얘기해 준 거지."

"아아, 그렇구나."

아무튼 불을 다스리는 마법이라니, 그것도 참 구미가 당긴다.

하지만 당장 내게 필요한 능력은 아니니까 패스.

"그럼 마지막 영혼이 되겠습니다~! 이름은 레퀴른! 마르카스와 같은 마법사였고, 수(水) 속성 초급 마법을 익혔지요. 가격은 똑같이 150링크! 필요한 영력도 7로 동일합니다. 어떻습니까? 구미가 당기는 영혼이 있으신지요?"

"아무래도 여기에선 리조네와 마르펭의 능력을 사는 게 좋겠어."

"탁월한 선택이시네요~"

어쩐 일로 라헬이 기분 좋게 영혼들을 내게 밀어주려 했다.

그때 카시아스가 라헬을 저지했다.

"잠깐!"

"왜 그러시죠?"

라헬이 고개를 갸웃거렸다.

카시아스가 날 사납게 노려봤다.

"너, 지금 네 영력이 몇인지 모르냐?"

"알지. 2."

"그럼 지금 사려는 영혼들의 힘을 흡수하는 데 필요한 영력은?"

"3… 아, 그렇지! 영력부터 업그레이드시켜야 하는데!"

"멍청한 놈. 정신 똑바로 차려. 영력이 모자라는데 무턱대고 영혼을 샀다간 그 영혼의 힘을 흡수하지도 못하고 허공으로 날려 버리는 꼴이 되니까."

카시아스가 아니었으면 진짜 큰일 날 뻔했다.

60링크와 내게 꼭 필요한 힘을 그냥 공중분해시킬 위기의 상황이었다.

"칫."

라헬이 아쉽다는 듯 혀를 찼다.

하여튼 저 인간 처음부터 끝까지 마음에 안 든다.

내가 손해를 보면 라헬한테 어떠한 이득이라도 돌아가는 건가?

카시아스는 녀석이 단순히 그런 인격으로 프로그래밍된 것뿐이라 했지만 어쩐지 찝찝하다.

난 마인드 탭을 열어 영력을 터치했다.

팅—

영력 : 2

영력을 3으로 업그레이드하시겠습니까?

업그레이드 비용은 3링크입니다.

[Yes/No]

당연히 'Yes'를 터치했고, 3링크가 소모되면서 영력 수치가 3으로 올랐다.

"이제 영혼 내놔, 사기꾼아."

내 말에 라헬이 건성건성 영혼들을 밀어냈다.

두 개의 영혼이 내 몸에 들어와 흡수되었다.

"60링크 확실히 받았습니다~ 이제 156링크가 남으셨네요. 또 다른 영혼을 살 의향이 있으신가요?"

아직 필요하지 않는 능력에 선불리 링크를 소비할 생각은 없다.

"아니. 이제 영혼은 됐어. 다음에 다시 오……."

내가 돌아가려 하는데, 라헬이 그런 날 붙잡았다.

"잠깐만요. 영혼이 필요 없다면 이런 물건은 어떠신가요? 지금 지웅 님이 갖고 계신 링크로 살 수 있는 아티팩트가 있습니다만."

아티팩트?

그러고 보니 카시아스는 내게 링크로 아티팩트라는 마법 물건들도 살 수 있다고 했었다.

난 라헬이 팔려고 하는 아티팩트가 무엇인지 궁금해졌다.

"뭔데? 보여줘 봐."

라헬이 손가락을 딱! 튕겼다.

그러자 영혼들이 사라졌다. 이어, 내 앞에 작은 반지가 나타났다.

크게 특별할 것 없는, 얇은 실 반지였다.

한데 색이 금도 아니고 은도 아닌 것이 조금 애매했다.

"반지네?"

"보통 반지가 아닙니다."

"그럼?"

"능력 전이 반지죠."

"능력 전이 반지?"

"네. 지웅 씨는 그 반지로 남에게 도움을 줘 선행을 쌓을 수도, 지웅 씨와 험난한 세상 같이 헤쳐 나갈 동료를 만들 수도 있을 것이라는 말씀!"

"자세히 좀 설명해 봐."

"지웅 씨가 150링크를 지불하고 그 반지를 장착하는 순간! 지웅 씨가 저에게서 산 영혼의 능력을 타인에게 전이시킬 수 있다는 말이죠."

"내 능력을… 다른 사람에게 줄 수 있다고?"

"네네. 어때요? 매력적인 아티팩트죠? 이 아티팩트의 이름은 레이븐 링! 레이브란데 님이 직접 만든 반지로, 본인의 애칭을 따서 붙였더랍니다~ 사시겠어요?"

라헬이 눈을 반짝이며 날 유혹했다.

하지만 저걸 사서 대체 어디에 쓴다는 거야?

내 능력을 남한테 전이시켜서 득 될 게 하나도 없잖아?

어쩐지 라헬 저놈이 강력 추천을 하더라니.

그나저나 레이브란데라는 작자도 참 고약하다.

이런 쓸데없는 물건을 아티팩트랍시고 만들어서 나한테 팔려고 들다니.

"됐어. 아티팩트는 없던 일로……."

말을 하던 내 머릿속에 갑자기 번개가 쳤다.

“그렇다면 어쩔 수 없네요. 아쉽습니다. 나름 좋은 물건이라고 생각했는데. 이 아티팩트는 사지 않는 걸로 할게요.”

“잠깐.”

“네? 왜 그러시죠?”

“사겠어.”

“레이븐 링을요?”

“응.”

“방금 쓰레기나 다름없는 사상 최악의 아티팩트라고 하지 않으셨나요?”

“…그런 말은 한 적이 없는데?”

“뭐 꼭 말로 해야 아나요? 그런 취급을 하셨다 이거죠.”

“아무튼 살 테니까, 내놔.”

“그러죠, 그럼.”

레이븐 링이 허공에서 날아와 내 오른쪽 약지에 들어갔다. 그러더니 약지에 꼭 맞는 크기로 줄어들었다.

“150링크 잘 받았습니다. 이제 6링크 남으셨네요? 그걸로 살 수 있는 건 5링크의 영혼 파편과 라모나뿐인데, 살 생각 없으시죠?”

라헬이 싱긋 웃으며 허리 숙여 인사를 건네려 했다.

하지만 난 아직 살 것이 남아 있었다.

"5링크로 라모나의 영혼을 사겠어."

"…네? 라모나를요?"

라헬이 이해되지 않는다는 듯 고개를 갸웃거렸다.

동시에 밑에서는 카시아스의 낮은 웃음소리가 들려왔다.

표정을 보니 녀석은 내가 무슨 생각을 하는지 짐작한 모양이다.

"뭐… 원하신다면."

라헬은 조금 떨떠름한 얼굴로 손가락을 튕겨 라모나의 영혼을 불러냈다. 그리고 영혼을 슥 밀었다. 내게 다가온 영혼이 몸 안으로 스며들어 왔다.

"마지막으로 5링크 잘 받았습니다. 이제 1링크 남으셨네요? 선행을 쌓아 돈 많이 버시면 다시 찾아주세요."

라헬이 허리 숙여 인사를 건넸다.

어둠이 물러가고 주변은 다시 현실 세상으로 돌아왔다.

내 손엔 소울 스토어에서 구입한 레이븐 링이 착용되어 있었다.

"이게 정말 내 능력을 타인에게 전이할 수 있게 해준단 말이지?"

"속고만 살았냐?"

카시아스가 당장 핀잔을 주었다.

"그런데 어떻게 사용하는 거야?"

"마인드 탭을 열어라."

"마인드 탭."

이름 : 유지웅

소속 : 지구, 대한민국

성별 : 남

나이 : 19

영력 : 3/3

영매 : 5

아티팩트 소켓 1/1

보유 링크 : 1

아티팩트 소켓이 0/1에서 1/1로 변했다.

"네가 현재 소지할 수 있는 아티팩트의 개수는 하나다. 아티팩트 소켓이 하나밖에 없기 때문이지. 따라서 링크를 모아 새로운 아티팩트를 구입하게 된다 해도, 그것의 능력은 사용할 수 없어."

"그럼 아티팩트 소켓도 업그레이드해야 돼?"

"물론. 업그레이드하면 착용 가능한 소켓의 개수가 늘어나지. 소켓의 수보다 많은 아티팩트를 구입한다면, 그때그때 네게 필요한 아티팩트를 교체해 가며 사용해야 되겠지."

"알았어. 그래서 레이븐 링은 어떻게 사용해야 돼?"

"아티팩트 소켓을 터치해."

카시아스가 시키는 대로 글자를 터치했다.

팅—

그러자 아티팩트 소켓이란 글자가 최상단으로 위치하며 다른 글자들을 지우고 이런 문구가 나타났다.

아티팩트 소켓 : 1/1

착용 중인 아티팩트

—레이븐 링

보유 중인 아티팩트

—레이븐 링 : 레이브란데가 만든 반지. 반지를 착용한 자는 자신이 사들인 영혼의 능력을 타인에게 전이할 수 있다.

아티팩트 소켓을 업그레이드하시겠습니까?

[Yes/No]

"그다음엔?"

"보유 중인 아티팩트 카테고리에서 레이븐 링을 터치."

이번에도 시키는 대로 터치터치.

팅—

[레이븐 링]

자신의 능력을 타인에게 전이하고 싶다면, 링을 착용한 후, 타인과 접촉한 상태로 전이하고 싶은 능력을 떠올립니다.

이게 다야?

"사용법이 은근히 간단하네."

"사용법이라도 간단해야 네가 그 머리로 레이브란데의 인과율을 따라올 수 있겠지."

"말 좀 예쁘게 해라."

탁!

읏! 저게 또 꼬리로 내 뒷목을!

"어서 가자. 점심시간 다 끝나겠다."

오늘도 내가 참는다.

Chapter 8
별거 아니네

점심시간 이후, 교실에서 날 보는 학생들의 눈빛이 변했다.

사방에서 쏟아지는 시선이 여간 불편한 게 아니었다.

하지만 상관없다.

왕따로 지내던 시절에는 이보다 더 불편한 시선들도 받아냈었다.

차라리 지금이 낫다.

단지 내게 집중되는 관심이 익숙지 않을 뿐이다.

다만 걱정되는 게 한 가지 있다.

이번 사건으로 아랑이가 날 폭력적인 남자라고 생각하는

게 아닌가 하는 것이다.

생각이 좀 제대로 박힌 여자들은 남자가 함부로 주먹을 휘두르면 좋아하지 않는다고 알고 있다.

그런데 식당에서 야구방망이로 태진이 패거리를 두들겨 팼으니…….

물론 그 사건은 게슈타포의 개입으로 인해, 내가 진짜 사람을 때린 게 아니라 흉내만 내며 겁을 준 것이라고 정리되었다.

그래도 당시의 내 모습은 무서웠을 것이다.

'토요일 점심 약속도 다 물 건너가는 거 아니야?'

내가 고민하고 있는데, 무언가가 내 책상 위로 툭 떨어졌다.

꼬깃꼬깃 접은 쪽지였다.

누가 던진 거지?

쪽지를 펴보니 예쁜 필체로 글자가 적혀 있었다.

너를 지키라고 했지만, 그렇게까지 무리하라는 얘긴 아니었어. 괜찮은 거지? 앞으로는 적당히 용기 내는 법도 배워봐. 토요일 날 늦지 마.

'아랑이다!'

쪽지를 건넨 사람은 아랑이었다.

다행히 아랑이는 날 이상하게 보지 않는 모양이었다.

그런데 유독 날 이상하게 보는 놈이 있었다.

바로.

"야, 얘기 좀 해봐. 갑자기 어떻게 그렇게 바뀐 거냐니까?"

상덕이다.

난 반에서 짝이 없이 늘 혼자 앉아 있었다.

우리 반 학생 수가 홀수이다 보니 왕따이던 내가 자연스레 혼자 앉게 된 것이다.

그런데 상덕이 이놈이 자기 책상을 내 책상 옆에 붙이면서까지 붙어 앉았다.

"너 무슨 일 있었지? 그렇지?"

"시끄러워. 공부해, 공부."

"분명히 뭔가 있는데… 몸도 내가 관심 가져 주지 않은 몇 달 새 부쩍 좋아진 거 같고. 뭐, 무술 같은 거 배웠어?"

"아, 그래. 배웠다."

"역시! 그럼 그렇지. 뭐 배웠는데?"

"넌 말해도 몰라."

"야, 뭔데~! 구제가 안 되던 왕따 유지웅이 하루아침에 이렇게 변할 정도면 엄청난 무술일 거 아냐?"

"글쎄 말해도 모른다니까."

"나도 좀 배우자!"

상덕이가 흥분해서 소리를 빽 질렀다.

그러자 한참 열의에 차서 수업을 하고 있던 수학 선생님이 냅다 분필을 던졌다.

"지금 열심히 가르치고 있으니까 열심히 배우면 되잖아, 인마!"

하얀 선을 그리며 맹렬히 날아온 분필이 상덕이의 이마를 정통으로 때렸다.

딱!

"아야!"

그 광경에 학생들이 모두 폭소했다.

"박상덕, 너 인마. 한 번만 더 소란 피우면 내쫓아 버린다!"

"죄송합니다아……."

기가 팍 죽은 상덕이가 고개를 숙였다.

수학 선생님은 다시 수업을 진행했다.

하여튼 상덕이 이놈은 기본적으로 사교성이 없고 모든 사람 앞에서 기가 죽는다.

유일하게 기를 펴고 막 대하는 상대가 나 하나다.

이마를 문지르는 상덕이에게 물었다.

"근데 너 갑자기 무술엔 왜 그렇게 관심을 가지냐?"

17년 상덕이의 인생은 무술과는 전혀 상관이 없었다.

그저 일본 애니메이션을 섭렵하고, 피규어를 수집하고, 만화 속 여자 캐릭터들을 사랑하는… 전형적인 오타쿠의 인생이었다.

그런데 왜 이다지도 무술에 관심을 보이는지 모르겠다.

내 물음에 상덕이의 얼굴이 어두워졌다.

"…사실, 우리 엄마가 하는 포장마차에 이상한 놈이 매일 찾아와서 그래."

상덕이의 엄마는 구름다리 근처 공터에서 작은 포장마차를 하고 계신다.

포장마차에서 파는 메인 메뉴는 매운 닭발이다.

나는 한 번도 안 먹어봐서 맛이 있는지 없는지 잘 모르겠지만, 근근하게 손님은 있는 모양이다.

"이상한 놈이라니?"

"몰라. 매일같이 술 취해서 와가지고 닭발이랑 소주랑 시켜서 처먹다가 더 취하면 난동을 부려."

"그럼 받지 않으면 되잖아."

"받지 않으면 어디 다른 데서 더 마시고 와서 또 난동을 부리잖아."

"경찰을 불러, 그럼."

"우리 엄마가 포장마차 하는 것도 합법이 아닌데, 어떻게 경찰을 불러?"

"아… 그런가?"

"벌써 한 달째야. 저번에 한 번은 그… 막 일본 애니메이션 보면 고딩 양아치들이 갖고 다니는 작은 칼 있잖아? 스위치 블레이드? 그거 가지고 손장난 치고… 진짜 장난 아니었다니까. 이러다가 살인나는 거 아닌가 싶었다고."

"너… 그래서 무술 배우고 싶었던 거야?"

"으, 응."

상덕이가 고개를 끄덕였다.

하긴, 상덕이네 형편은 그다지 좋지 못하다.

상덕이는 아버지가 없이 엄마랑 단둘이 살아간다.

그러다 보니 엄마 혼자 상덕이를 키우기가 여간 힘든 일이 아닐 것이다.

당연히 상덕이가 무술을 배우고 싶다고 해서 학원에 다닐 돈이 어디서 나오기도 힘들었을 테지.

아무튼 상덕이의 고민이라는 게 처음에는 별거 아닌 일인 줄 알았다.

그런데 다 듣고 보니 이거 그냥 넘기기엔 문제가 있었다.

"상덕아."

"응?"

"그 일 내가 해결해 줄게."

"진짜?"

"응. 근데 오늘 밤은 어떻게 될지 잘 모르겠다. 이따 갈 수 있을 것 같으면 연락할게. 어머니 포장마차 몇 시까지 하시지?"

"새, 새벽 세 시! 나도 엄마랑 같이 있을 거야."

"알았어. 연락할게."

"진짜 네가 도와줄 거야?"

"그렇다니까."

상덕이가 울먹였다.

녀석은 또 다시 잔뜩 흥분해서 크게 소리쳤다.

"고맙다, 이 새끼야!"

수업하던 수학 선생님도 소리쳤다.

"나가, 이 새끼야!"

쐐애애애액— 딱!

"악!"

전보다 더 긴 분필이 상덕이의 이마를 강타했다.

*　　*　　*

5교시가 끝나고 쉬는 시간.

종이 치자마자 난 상덕이와 매점으로 향했다.

사실 전까지는 매점을 내 의지로 가본 적이 없었다.

빵 셔틀 유지웅에게 매점은 내가 아닌, 태진이 패거리가 먹을 군것질거리를 사러 가는 곳일 뿐이었기 때문이다.

'뭘 먹을까?'

태진이 패거리가 싫다 보니 매점도 싫었다. 그래서 학교 매점에서만 사 먹을 수 있는 특이한 빵이라든가, 매점 아주머니가 만들어 파는 각종 튀김을 맛볼 기회가 없었다.

상덕이와 매점으로 들어섰다.

그런데 매점 안에는 태진이만큼 유명한 패거리가 테이블 하나를 차지하고 앉아 있었다.

테이블 위에는 만화책이 한가득 쌓여 있었다.

테이블을 둘러싼 네 학생은 만화책을 보며 낄낄댔다.

그 패거리의 우두머리는 머리를 빡빡 민 덩치 큰 녀석으로 만화책을 보면서 콜라를 홀짝이는 중이다.

저 녀석 이름이… 아, 박재춘.

재춘이와 함께 다니는 세 명의 이름은 모르겠다.

평소엔 눈도 마주치기 힘들어 얼굴을 제대로 살필 수가 없었다.

하지만 지금은 무서워할 이유가 없었다.

대충 훑어보니 세 놈이 각각 사마귀, 잠자리, 고릴라를 닮았다.

사실 저 넷의 관계는 패거리라기보다는 박재춘과 추종자

들이라고 하는 게 맞을 것이다.

재춘이는 자타공인 우리 학교 쌈짱이다.

고2때까지는 일진 놀이를 하며 사고란 사고는 무수하게 치고 다녔었다.

그런데 고3이 되면서 일진 놀이를 그만뒀다.

졸업할 때가 되니 녀석도 슬슬 눈치를 보는 모양이었다.

하나, 여태껏 해오던 불량한 기질은 사라지지 않았다.

학생들은 박재춘한테 알아서 기었다.

때문에 박재춘이 크게 사고를 칠 일은 없었다.

하지만 그는 마치 정글의 왕처럼 군림하며 모든 학생을 업신여겼다.

그 거만함을 학생들은 전부 불편해했다.

"니들 안 가냐? 점심시간부터 계속 여기 죽치고 앉아 뭐하는 거야?"

매점 아주머니가 재춘이 패거리에게 핀잔을 주었다.

점심때 매점에 와서 여태껏 가지 않은 모양이다.

하지만 재춘이 패거리는 들은 척도 안했다.

'이거 지금 내가 저놈들 내쫓으면 선행 점수 오르려나?'

링크에 욕심이 생기다 보니 이제는 별의별 것들에 다 관심이 간다.

전이었으면 이런 생각조차 못 했을 텐데.

재춘이 패거리를 쫓아낼까 말까 고민하던 와중, 사마귀와 눈이 마주쳤다.

"……."

"……."

녀석은 말없이 날 노려봤다.

나도 가만히 바라봤다.

서로 시선을 피하지 않았다.

사마귀가 눈을 부릅뜨더니 들고 있던 만화책을 테이블에 턱 얹었다.

그러자 고릴라가 사마귀를 쳐다보더니 그의 시선을 따라 고개를 돌려 날 바라봤다.

난 고릴라의 눈도 피하지 않았다.

고릴라가 어이없어 하는 웃음을 흘리더니 만화책 한 권을 내 앞으로 툭 던졌다.

"야. 그것 좀 들고 와."

내가 마음에 들지 않아 시비를 걸려는 것이다.

난 만화책을 그대로 짓밟았다. 그에 고릴라의 미간이 와락 구겨졌다.

"뒈지고 싶냐?"

나왔다.

양아치들의 전매특허 대사.

상황이 그쯤 되자 잠자리와 재춘이도 몸을 돌려 날 바라봤다.

재춘이가 내 얼굴을 살피다가 고개를 갸웃거리더니 픽 웃었다.

"너 1반 빵 셔틀이지?"

아무래도 재네들한테는 식당에서의 일이 아직 알려지지 않은 모양이다.

그런 고릿적 얘기를 하는 걸 보니.

재춘이와 태진이는 제법 친하다.

노는 놈들은 노는 놈들끼리 잘 어울리니까.

그런데도 재춘이가 모른다는 건, 태진이가 입단속 잘하고 있다는 뜻이기도 하겠지.

"왜? 시킬 거 있어?"

내가 물었다.

재춘이가 그럼 그렇지 하는 얼굴로 말을 이었다.

"일단 네가 밟은 그 책, 네 셔츠로 발자국 깨끗이 닦아서 가져와."

난 내 발에 깔린 만화책을 주웠다.

재춘이 패거리의 눈이 재미있는 구경거리라도 보듯 초승달 모양으로 변했다.

하지만 난 그들의 예상대로 행동하지 않았다.

부우욱!

내 손에 들린 만화책이 반으로 찢어졌다.

누가 여러 장 겹친 종이 찢는 게 힘들대?

지금의 내 힘으로는 땅 짚고 헤엄치기다.

"…너 지금 뭐하냐?"

잠자코 있던 잠자리가 묵직한 음성으로 물었다.

"크크큭! 돌았네, 저거."

재춘이가 웃으면서 사마귀와 고릴라를 바라봤다.

두 녀석이 벌떡 일어나 내게 다가왔다.

"좀 맞자, 응?"

사마귀가 빠르게 다가와 내 뺨을 후리려 했다.

하지만.

짝!

"억!"

먼저 뺨을 후린 건 내 쪽이었다.

사마귀의 고개가 옆으로 홱 돌아갔다. 머리를 따라 몸도 핑 돌았다. 갑자기 균형이 무너져 비틀거리는 사마귀의 허벅지를 걷어찼다.

퍽!

"악!"

사마귀가 그대로 넘어져 바닥에 등을 찧었다.

"크헉!"

녀석이 숨 막히는 신음을 흘림과 동시에 고릴라가 내게 주먹을 휘둘렀다.

하지만 이번에도 내 주먹이 더 빨랐다.

뻑!

"억!"

명치를 얻어맞은 고릴라가 뒤로 자빠졌다.

두 놈이 쓰러지니 잠자리가 날아들었다.

녀석이 달려와 발로 내 복부를 밀어 차려 했다.

몸을 틀어 피하고 내민 다리를 잡아 위로 휙 털었다.

다리를 따라 잠자리의 몸이 붕 들어 올려지며 허공에 일자로 누웠다.

그 상태에서 복부에 내 팔꿈치가 작렬했다.

뻑!

"꺽!"

콰당!

땅에 그대로 떨어진 잠자리.

배에서, 등에서 엄청난 충격이 일어 숨쉬기도 힘들 것이다.

순식간에 세 명을 제압했다.

남은 건 재춘이 하나였다.

재춘이가 날 무섭게 노려보고 있었다.

난 그런 재춘이에게 말했다.

"아까 나한테 뭐하라 그랬지? 잘 못 들었거든. 가까이 와서 말해봐."

내 도발에 재춘이가 천천히 일어섰다.

내 뒤에 서 있던 상덕이는 갑자기 벌어진 상황에 잔뜩 얼어 있었다.

"이 좆만 한 새끼가 어디서 방방 뛰어!"

험한 욕설과 함께 저벅저벅 다가오는 재춘이의 포스는 확실히 고3 학생이라고 하기엔 무리가 있을 만큼 제법이었다.

다른 학생들이 재춘이에게 벌벌 기는 이유가 있었다.

절대적인 강자의 카리스마.

그런 게 재춘이에겐 존재했다.

그러나 지금 나에게는 그런 게 전혀 먹히지 않았다.

그 카리스마 따위 단숨에 부숴 버릴 만큼, 나는 강해졌다.

쐐애액!

내게 다가오는가 싶던 재춘이는 어느새 거리를 줄이고 주먹을 휘둘렀다.

그 행동이 상당히 민첩했다.

태진이의 주먹과는 비교도 할 수 없을 정도다.

그래 봤자 내겐 어른 앞의 어린아이밖에 되지 않는다.

턱.

손을 올려 태진이의 주먹을 막았다. 그리고 움켜쥐었다.

난 키가 큰 만큼 손도 발도 컸다.

농구공도 한 손에 잡을 수 있을 정도다.

재춘이의 주먹이 제법 튼실하지만 내 손에 들어오지 못할 정도는 아니었다.

손에 힘을 꽉 줬다.

두득!

"크윽!"

뭔가가 어긋나는 소리가 들렸다.

재춘이의 얼굴이 심하게 일그러졌다.

쐐액!

재춘이가 반대쪽 주먹을 날렸다.

턱.

그것마저도 잡고 감싸 쥔 다음 힘을 주었다.

드드득!

"아악!"

재춘이가 기어코 비명을 질렀다.

"무릎 꿇어."

내가 말했다.

재춘이는 독사 같은 눈으로 날 노려보았다.

"안 꿇어?"

주먹을 쥔 손에 더욱 힘을 주었다.

드드득! 두둑! 우두둑!

손뼈가 모조리 부서지고 있었다.

하지만 상관없다.

뒤처리 걱정할 일 없도록 카시아스가 도와줄 테니.

"끄어어… 끄으으으……!"

재춘이의 앙다문 입에서 피가 흘렀다.

실수로 혀라도 씹었나?

재춘이의 얼굴이 점점 더 안 좋아졌다.

"꿇어라."

"끄으으!"

"안 꿇어?"

이제는 손 자체를 아작 낼 셈으로 힘을 줬다.

빠드드득! 빠드득!

손뼈가 가루가 났을 것이다.

재춘이는 결국.

"끄하아아……!"

털썩.

기이한 비명을 지르며 무릎을 꿇었다.

내가 굳이 이 녀석을 무릎 꿇리려 하는 이유는 자존심을 꺾어놓기 위해서다.

재춘이를 보는 순간 이 녀석은 무력으로 제압할 수 없겠다는 생각이 들었다.

왜 그런 생각이 든 건지는 모른다.

그냥 느낌이 그랬다.

내가 아무리 녀석을 두들겨 패도, 태진이처럼 고분고분해지는 일은 없을 것이다.

그렇다면 자존심을 부러뜨려야 한다.

재춘이는 지금 내 앞에서 무릎 꿇으며 자존심에 상처를 입었다.

아직 매점에는 매점 아주머니와 상덕이, 나, 재춘이 패거리 말고 아무도 없었다.

난 꿇어앉은 재춘이의 손을 놓아주었다.

녀석의 팔이 힘없이 아래로 축 처졌다.

"오늘 일 나만 알고 있을 거야. 만약에 괜히 보복한답시고 나 찾아오면 이 사건 다 떠벌리고 다닌다. 서로 모르는 척하고 지내자."

말을 마치며 재춘이의 턱을 걷어찼다.

재춘이가 뒤로 널브러지며 의식을 잃었다.

난 사마귀, 잠자리, 고릴라에게 눈짓했다.

녀석들은 내 눈치를 살피며 주춤주춤 다가와 재춘이를 데리고 매점을 나갔다.

그때 내 눈에는 보였다.

사마귀 등에 업힌 재춘이의 손에 환한 빛이 이는 것을.

카시아스가 잊지 않고 회복 마법을 시전해 준 것이다.

재춘이는 자고 일어나면 이 모든 것이 한바탕 꿈같겠지.

손이 부러졌다 다시 붙은 것도 모를 거다.

아마 손이 부러졌다고 느껴질 만큼 아팠었다고 기억하는 게 고작일 것이다.

사람은 다 자기가 처한 상황에 맞춰서 생각하게 마련이니까.

자, 이제 링크 포인트가 오르려나?

그런 기대를 하고 매점 아줌마를 쳐다봤다.

그런데.

"이것들이 왜 매점 안에서 싸우고 지랄들이야! 너희들도 나가!"

돌아오는 건 호통이었다.

"…죄송합니다."

난 매점 아주머니에게 사과하고서 매점을 나와야 했다.

아주머니에겐 재춘이 패거리를 쫓아내 주는 것보다 매점에서 싸우지 않는 게 더 중요했던 모양이다.

덕분에 이번 일은 선행으로 쳐주지 않아 노카운트다.

그 자리에 다른 학생이라도 많았으면 조금의 링크나마 얻었을지 모르는데.

그나저나 매점 음식 또 못 먹었다.

아무래도 난 매점과 연이 없는 모양이다.

상덕이도 졸지에 같이 쫓겨나는 바람에 아무것도 사지 못했다.

하지만 이미 이 녀석은 매점 음식 같은 것에 관심이 없었다.

"야… 너, 너 방금 우리 학교 짱 이겼어."

"응. 그런 것 같더라."

"그런 것 같더라? 그게 다야? 너 이제 오늘부터 짱이야!"

"짱은 무슨… 내가 그런 거 해서 뭐하냐."

"근데 왜 이겼어?"

"뭘?"

"재춘이 왜 이겼냐고? 짱 하기 싫으면 졸라 언어맞지, 왜 이겼냐!"

이놈이 근데 왜 성질이야?

"시끄러, 시끄러. 아까 내가 재춘이한테 얘기하는 거 들었지? 너도 비밀이다. 만약에 네가 발설해서 재춘이가 쪽 당하면 너 죽을지도 몰라. 재춘이 성격 알지?"

상덕이가 놀라서 입을 다물고서 고개를 끄덕였다.

그러더니 갑자기 주먹을 불끈 쥔다.

"나 결심했어."

"뭘?"

"앞으로 네 옆에 꼭 붙어 다닐 거야. 그럼 어디 가서도 맞을 일 없을 거 아냐?"

"참 대단한 결심이다."

"그런데 지웅아, 내가 궁금해서 마지막으로 한 번만 묻고 싶은데……."

"뭔데?"

"재춘이 앞에서 완전 너 행동 장난 아니던데, 안 무서웠어?"

무섭진 않았다.

하지만 싸움을 하는 행위 자체는 심장을 빨리 뛰게 만든다.

상대가 누구든 폭력이라는 건 긴장을 동반한다는 얘기겠지.

하지만 재춘이 자체는 뭐.

"별거 아니더라."

Chapter 9
능력 전이

학교가 끝나자마자 점장님께 전화를 걸었다.

신호가 두 번밖에 울리지 않았는데, 점장님의 활기찬 음성이 들려왔다.

—그래, 지웅아!

"점장님, 오늘 혹시 많이 바쁘세요?"

—오늘은 일주일 전에 산 게임기와의 의리를 지키기 위해, 저녁을 먹고 밤늦게까지 게임만 할 예정이다!

별일 없으시구나.

"혹시… 오늘 저 한 시간만 늦게 가면 안 될까요?"

—무슨 일이 있는 거냐?

"엄마 병원에 들렀다 오려구요."

—뭐? 그런 일이라면 얼마든지 부탁해라! 아끼는 아르바이트생이 엄마 병문안을 가겠다는데 보내주지 않는 건 의리가 아니야! 대도무문(大道無門)! 옳은 길을 가는 덴 거칠 것이 없다! 너와의 의리를 지키는 것이 옳지 않은 일이 아닌 이상, 난 언제까지도 의리를 지키겠다!

점장님이 열혈스러운 분이라서 다행이다.

"감사합니다, 점장님. 그럼 일곱 시까지 가겠습니다."

—편의점의 평화와 안녕은 걱정 말고 어서 엄마를 문병하여 웃음과 평안함을 드리고 오도록! 의리!

통화는 그렇게 끊어졌다.

* * *

버스를 타고 엄마의 병원 앞 정류장에서 내렸다.

카시아스는 내 가방 위에 올라타 투명화한 상태였다.

내가 병원으로 들어서자 카시아스가 작게 속삭였다.

"역시 내 생각이 맞았군."

"그래. 그게 맞아. 그러지 않으면 150링크나 주고 이 반지를 살 이유가 없잖아?"

난 오른손 약지에 끼워진 레이븐 링을 만지작거렸다.

엘리베이터를 타고, 3층에서 내려 엄마의 이름이 적힌 1인 병실 앞에 섰다.

사실 이것도 한숨이 나온다.

병원에서 보험이 적용되는 것은 6인실과 무균실이다.

보험이 안 된다고 치더라도 6인실은 하루 2만 원의 요금이 부과된다.

그런데 1인실은 하룻밤 입원비가 34만 원이나 한다.

엄마는 백혈병 진단을 받은 이후부터 병원에서 한 달이 조금 넘게 입원하며 항암 치료를 받았다.

그때에도 1인실에 입원하는 바람에 치료비가 무려 3,500만 원가량 나왔다.

그 치료비 중 1,000만 원 정도가 입원비였다.

엄마는 백혈병 관련 보험을 들어놓은 적이 없었다. 하지만 뒤늦게 산정 특례라는 것을 알게 되어 이를 신청했고, 나가야 할 액수가 조금 낮아졌다.

그렇다고 무리가 되지 않는 건 아니었다.

어찌 되었든 치료비로 나간 건 천 단위의 금액이었으니까.

그리고 두 번째 항암 치료를 받을 땐 그나마 6인실이 있었기에 1차 때보다 치료비가 덜 나왔다.

한데 이미 우리 가족은 이 두 번의 치료비로 인해 집 보증금을 날리고, 빚을 지게 되었다.

지금은 엄마께서 3차 항암 치료를 위해 입원해 계시는 중이다.

이번엔 또 얼마나 많은 금액이 청구될지 벌써부터 걱정이다.

엄마는 급성 골수성 백혈병을 앓고 있다. 그런데 상황이 좋지 않다. 항암 치료만으로는 완치가 어렵고 골수이식을 해야 60퍼센트 정도의 완치율을 기대할 수 있다.

사실 난 처음 엄마가 백혈병에 걸렸단 얘기를 들었을 때, 항암 치료를 하지 않고 골수이식을 바로 하면 치료할 수 있는 병인 줄 알았다.

그러나 골수이식은 항암 치료를 한 다음에야 시행할 수 있는 수술이고, 이 또한 엄마와 유전자가 비슷한 사람의 골수여야지 이식을 받을 수 있다고 한다.

그에 우리 가족이 전부 검사를 받았지만 골수이식 불가 판정을 받았다.

조혈모세포의 일치 확률은 자식과의 경우가 5퍼센트, 비혈연자와의 경우 0.005퍼센트라고 한다.

한마디로 골수이식은 수술 완치율 60퍼센트가 문제가 아니라, 골수를 이식할 수 있는 유전자를 가진 0.005퍼센트의 사람을 찾아내는 게 문제다.

그러다 보니 우리 가족의 근심은 날로 더 커져 갈 수밖에 없었다.

똑똑.

노크를 했다.

"누구세요?"

안에서 힘 빠진 엄마의 음성이 들려왔다.

문을 열고 들어갔다.

엄마가 내 얼굴을 보고서 억지로 미소를 지어 보였다.

"지웅이 왔어?"

난 침대로 다가가 간이의자에 앉았다.

"엄마, 괜찮아?"

"응~ 괜찮아. 점점 더 좋아지는 것 같아."

거짓말.

항암 치료가 얼마나 괴로운 것인지 이제는 나도 잘 안다.

벌써 그게 3차째다.

엄마는 날로 수척해졌고, 눈엔 생기가 많이 사라졌다.

제발 이게 효과가 있기를… 무너져 가는 우리 가족에게 기적을 가져다주기를.

난 엄마의 손을 꼭 잡았다.

사실 이렇게 손을 잡는 행동이 참 낯설다.

"응? 갑자기 왜 안 하던 짓을 하고 그래? 용돈 필요하니?"

엄마도 좀 쑥스러운지 괜히 날 타박했다.

난 엄마의 손을 잡은 상태로 전이하고 싶은 능력을 떠올렸다.

'라모나의 자가 치유력.'

그러자 내 가슴에서 미세한 빛이 일렁였다.

그것은 내 팔을 타고 흘러 반지에 흡수되었다가 다시 맞잡고 있던 엄마의 손으로 스며들어 갔다.

갑작스런 상황에 놀라서 엄마를 바라봤다.

하지만 엄마의 눈에는 그 빛이 보이지 않았던 모양이다.

엄마는 그저 놀란 내 얼굴만 보고서는 피식 웃었다.

"왜? 정곡을 찔렸어? 진짜 용돈 필요한가 보구나?"

"아, 아니야, 그런 거."

"아니긴~ 네 나이 때면 늘 돈이 부족할 때지. 친구들이랑 놀러 다니랴, 연애도 하랴, 그렇지?"

엄마가 날 너무 과대평가하고 있었다.

미안한데요, 엄마.

고등학교 입학한 후부터는 친구도 없고, 애인도 없어요.

"아무튼 용돈 같은 거 없어도 되니까 걱정 마. 요샌 학교 끝나면 바로 편의점 알바 가야 해서 어디 돈 쓸 일도 없어."

"네가 고생이 많다."

엄마가 내 손을 더 꼭 잡아주었다.

•

그 바람에 괜히 눈시울이 시큰거렸다.

"그런데 우리 아들이 엄마 보러 와서 그런가? 피곤이 싹 가시는 것 같네."

"정말?"

"응~ 정말 그래. 신기하다. 이래서 가족이 좋은 건가 봐."

"다행이다, 엄마. 진짜 다행이야."

"앞으로 더 다행스러운 일들만 일어나야 할 텐데, 그치? 엄마가 아파서 미안해, 아들."

엄마가 내 머리를 쓰다듬었다.

나도 모르게 엄마가 쓴 모자에 시선이 갔다.

원래 저 자리엔 모자 대신 윤기 나는 머리카락이 있어야 했다.

이대로 있다간 눈물이 흐를 것 같아 얼른 자리를 털고 일어났다.

"엄마, 그만 가볼게."

"벌써?"

"아르바이트 시간 미루고 온 거라서~ 가봐야 돼."

"아, 그래."

아르바이트라는 말에 엄마의 안색이 다시 어두워졌다.

엄마는 우리 집안이 힘들어진 게 모두 자신 탓이라고 생각한다.

그래서 늘 마음에 큰 짐을 얹고 살고 있다.

"엄마, 힘들어도 치료 잘 받고."

"그래. 힘낼게, 아들."

"또 올게요."

"응~"

지금은 저렇게 힘없는 모습이지만, 사실 어머니는 밝고 명랑하고 유머러스한 분이었다.

언제쯤 그때의 맑은 웃음을 되찾을 수 있을지.

병실을 나와 문을 닫았다.

그제야 참았던 눈물이 쏟아졌다.

괜히 소리가 튀어나올까 봐 입을 꾹 틀어막고 계단으로 뛰어 내려갔다.

병원을 나와서야 난 눈물을 닦고 마음을 추스를 수 있었다.

"후우우."

"사내 녀석이 눈물이 그리 많아서야, 원."

카시아스, 넌 이런 상황에서도 얄미운 소리만 골라서 하는구나. 남의 기분 따위는 안중에도 없다 이거지.

그것도 능력이라면 능력이다.

대단하다.

"시끄러워. 그나저나 라모나의 능력이 엄마한테 도움이 될까?"

"충분히."

"정말?"

"라모나의 자가 치유력은 일반인보다 뛰어나다. 자가 치유력이란 비정상적 상태인 몸을 원래대로 회복시키는 능력을 뜻하지. 그것이 외상이든 내상이든 병이든 간에 전부 원상태로 회복시킬 수 있다는 말이야. 물론 상태가 심각하게 안 좋다면 회복 기간이 오래 걸리기는 하겠지만, 아마 나을 수 있을 거다."

"…아아!"

주먹에 힘이 불끈 들어갔다.

카시아스는 얄미운 녀석이지만, 어쩐지 그가 하는 말이라면 믿음이 갔다.

'이제부터 진짜 시작이야.'

어머니의 병만 고칠 수 있다면 그다음엔 못할 것이 없다.

빚은 열심히 일해서 갚으면 된다.

그리고 돈을 더 벌면 누나도 다시 대학을 갈 수 있을 것이다.

아버지의 가게도 되살릴 방법을 찾아냈다.

지금 내 앞에 보이는 건 작은 빛이 아니라 찬란한 태양이었다.

* * *

선행이라는 건 조금만 관심을 갖고 주변을 둘러보면 얼마든지 쌓을 기회가 있었다.

편의점을 가는 동안 제법 눈에 띄는 쓰레기 열 개를 치웠고 그중 두 개를 선행으로 인정받았다. 하나는 페트병, 또 하나는 낡은 포대 자루였다.

그로 인해 얻은 링크는 3포인트!

포대 자루를 치울 때 2포인트가 올라갔다.

즉, 포대 자루를 누가 좀 치워줬으면 하고 생각했던 사람이 2명 있었다는 것이다.

평소에는 신경도 쓰지 않고 지나쳤던 쓰레기들이 지금 내겐 천만금보다 가치 있는 것이 되었다.

편의점에 도착해서 일을 하는 세 시간 동안에도 눈이 어두운 할머니가 원하시는 물건을 직접 찾아드리고, 여행객이 찾는 우리 동네 맛집의 위치를 자세히 설명해 주어 2링크가 추가로 적립되었다.

편의점 알바를 마친 뒤에는 아버지의 가게로 걸음을 옮겼다.

그러는 동안 또 다시 쓰레기를 치워 4링크를 적립했다.

덕분에 현재 보유 링크는 10이었다.

가게 앞에 도착하니 열 시 반.

아버지의 가게는 춘천에서 나름 유명한 애막골 상가 거리 한곳에 들어서 있었다.

문을 열고 안으로 가보니 손님은 한 명도 없고 아버지만 카운터에 앉아 TV를 시청하는 중이었다.

"어서 오… 지웅이냐?"

인기척에 벌떡 일어서던 아버지가 실망한 얼굴로 다시 앉았다.

주방 아주머니는 주방에서 혼자 뭘 하시는 건지, 홀을 슬쩍 바라보다 나와 눈이 마주쳤다.

난 아주머니께 고개를 숙였지만, 아주머니는 별 대응도 없이 시선을 돌렸다.

완전히 무시당했네.

아무래도 아버지께서 주방 아주머니를 잘못 들인 것 같다.

음식 솜씨도 솜씨려니와 사교성도 그다지 좋지 않은 듯하다.

"오늘은 좀 어떠세요?"

"늘 똑같지, 뭐."

굳이 묻지 않아도 뻔히 알 수 있는 걸 괜히 물었다.

"너는 수능 준비 잘하고 있냐?"

"그게……."

공부랑은 담을 쌓은 지 오래다.

아버지도 어머니도 내 성적을 가지고 뭐라고 한 적이 한 번도 없었다.

그래서 수능도 대단찮게 생각했다.

"별로 대학 갈 생각 없으면 억지로 공부하지 마라. 내 시대엔 성공하려면 대학이 필수라고 했다만, 살아보니 그것도 아니더라. 아버지 봐라. 지금 이 꼴로 살고 있잖냐. 대학 나온 나보다 똥지게 지고 나르던 옆집 본춘이가 장사 머리가 빨리 트여 더 잘산다. 하물며 네가 살아가는 시대는 어떻겠냐? 무엇이든 네가 잘하는 거 하나만 있으면 돼. 잘하는 거 하나만."

"네, 저도 그렇게 생각해요."

"그래서 너 뭘 잘하냐?"

"…네?"

"뭘 잘하냐고."

가만… 내가 진짜 뭘 잘하지?

잘 못하는 건 수도 없이 많지만 잘하는 건 뭔지 모르겠다.

대답 못 하는 날 가만히 바라보던 아버지가 한숨을 쉬었다.

"열아홉에 공부를 못하는 건 괜찮지만 잘하는 게 뭔지, 네가 좋아하는 게, 하고 싶은 것이 무언지 아직도 찾지 못했다는 건 한심한 일이다."

"…죄송해요."

"밥은 먹었냐?"

"네. 편의점에서 폐기 나온 음식들로 배 채웠어요."

"폐기가 뭐냐?"

"그러니까… 유통기한이 지난 음식이요."

"그런 걸 먹어?"

"한두 시간 지난 거라 괜찮아요."

"그렇구나. 근데 여기는 뭐 하러 왔냐?"

이제 본격적인 이야기를 꺼낼 시간이다.

난 아버지에게 가까이 다가가 소곤소곤 얘기했다.

"아버지, 만약에 제가 우리 가게를 다시 일으킬 수 있을 만큼 엄청난 메뉴를 만들어 오면… 종목 바꿔보시겠어요?"

"종목을 바꿔?"

"네."

우리 아버지는 낮에는 음식 장사, 밤에는 술장사를 하는 음식점을 운영 중이시다.

한마디로 낮에 밥에 먹었던 음식들이 밤에는 술안주가 되는 식이다.

그러나 음식들도 맛이 없고 그렇게 특색 있는 것 역시 아니어서 손님들을 끌기엔 무리가 있다.

어머니가 주방에 계실 땐 맛이라도 있었는데, 어머니가 입원하고 난 뒤엔 단골도 외면하는 신세가 되었다.

"그게 뜬금없이 무슨 소리냐?"

"정말 이거다! 싶은 메뉴를 제가 만들어 오겠다구요. 아버지께서 맛보시고 괜찮은 것 같으면 그걸 우리 가게 대표 메뉴로 내걸자는 거예요."

아버지는 이놈이 무슨 헛소리를 하느냐는 시선으로 날 바라봤다.

역시 말로 설득하는 건 무리가 있겠지.

"백문이 불여일견! 제가 조만간 그런 음식을 만들어서 올게요."

"흰소리 할 거면 얼른 들어가, 이놈아."

"흰소리 아니에요. 조만간 증명할 거라구요."

"그래, 제발 증명해 봐라."

아버지의 시선이 다시 TV로 향했다.

주방 아주머니는 여전히 주방에서 혼자 무언가를 하고 있었다.

두고 보세요, 아버지.

아들이 반드시 우리 가게 일으켜 세웁니다.

*　*　*

집으로 돌아가는 길.

난 상덕이에게 전화를 걸었다.

신호음이 몇 번 가지 않아 상덕이의 음성이 들려왔다.

—지웅아.

“응, 상덕아. 그 인간 또 왔어?”

—아니. 벌써 오고도 남을 시간인데 안 오네. 손님도 별로 없고… 엄마도 오늘은 그만 장사 접고 들어가야겠대.

“그래, 알았다. 다른 날이라도 그 인간 오면 바로 전화해.”

—알았어.

오늘은 나도 조금 피곤했는데, 잘됐다 싶었다.

그만 집에 들어가서 쉬어야겠다.

Chapter 10
데이트? 맛집 탐방?

금요일도 다른 날과 크게 다를 것 없는 하루가 지나갔다.

학교에 갔고, 편의점 알바를 했고, 집에 와서 누나랑 조금 투닥거리다가 잠들었다.

물론 그 사이에 선행을 계속 쌓아 지금 내게 적립된 링크는 32였다.

오늘은 그렇게도 기다리던 토요일.

아랑이와 데이트할 생각에 새벽까지 잠 못 이루다 겨우 잠들었는데 동이 트기 전 눈을 떴다.

한두 시간 정도 잤나 보다.

하지만 피곤한 줄도 모르고 아침을 맞이했다.

머릿속은 오로지 아랑이와의 점심 식사로 꽉 차, 아무것도 할 수 없었다.

아침을 먹으라는 누나의 말을 무시했다가 국자로 얻어맞았지만 상관없었다.

선행하러 나가자는 카시아스의 말을 무시했다가 꼬리에 목을 졸려 졸도할 뻔했지만 괜찮았다.

오늘은 온전히 나를 위한 날이다.

약속 시간이 되기 한 시간 전에 집에서 나왔다.

조각 공원에 도착하니 11시 30분.

약속 시간까지는 아직 30분이 남아 있었다.

설레는 마음으로 두 사람을 기다리는데, 갑자기 여인의 날카로운 비명 소리가 들렸다.

"소매치기야!"

뭐야?

이런 대낮에 이렇게 탁 트인 장소에서 소매치기가 일어나?

모르긴 몰라도 엄청나게 돈이 궁한 모양이었다.

소란이 이는 곳을 바라보니 왜소한 체격에 청재킷을 걸치고 모자를 푹 눌러쓴 사람이 한 손에 지갑을 들고서 빠르게 달려오고 있었다.

그 뒤를 미니스커트를 입은 여자가 쫓는 중이었다.

하지만 저런 스피드로는 도저히 소매치기를 잡을 수 없었다.

불행 중 다행인 건, 소매치기가 내 쪽으로 달려오고 있다는 것 정도일까?

대부분의 사람이 소매치기와 미니스커트 여인을 보며 안절부절못하는 사이 내가 움직였다.

소매치기가 지척에 다다랐을 때.

턱.

길게 다리를 뻗어, 발목을 걸었다.

"……!"

소매치기의 발이 허공으로 뜨고, 상체가 바닥을 향해 기울어졌다.

그런 소매치기의 허리를 한 손으로 감아 올렸다. 다른 손으로는 지갑을 빼앗아 미니스커트 여인에게 던져 주었다.

띠링!

—지나가던 소매치기를 붙잡아 선량한 시민을 도와주었네요? 누가 좀 소매치기를 잡아주었으면 하고 속으로 바랐던 사람들의 마음도 시원해졌을 것 같아요. 참 잘했어요. 선행을 쌓아 12링크가 주어집니다.

여인을 포함, 소매치기를 잡았으면 했던 이가 12명이나 되었나 보군.

내가 잠시 딴생각을 하는 새, 소매치기가 중심을 잡고 서서 도망치려 했다.

난 손을 번개같이 내질렀다. 부리나케 멀어지는 소매치기의 뒷덜미를 쥘 셈이었다.

그런데 갑자기 튀어나온 투박하고 주름 가득한 손이 나보다 먼저 소매치기의 뒷목을 낚아챘다.

"큭!"

소매치기가 헛숨을 들이켰다.

순간 소매치기를 잡은 것과 똑같이 생긴 또 다른 손이 녀석의 명치를 가격했다.

탁!

"크헉!"

그것은 딱히 힘이 들어간 공격으로는 보이지 않았다.

누가 봐도 그저 가볍게 두들긴 것 정도였다.

하지만 소매치기는 사지를 축 늘어뜨리더니 바닥에 풀썩 쓰러졌다.

"대낮에 이런 짓을 벌이다니. 정말 먹고 살기가 힘든 모양이지만, 그렇다고 남의 것을 탐하는 짓을 해서는 아니 되지."

소매치기를 단숨에 제압하고 그리 말하는 이는 놀랍게도

나이 칠십은 족히 되어 보이는 노인이었다.

노인은 개량 한복 차림에 백발의 머리와 하얀 수염을 길게 기르고 있었다.

그 모습이 꼭 도인 같았다.

나와 노인의 주변으로 사람들이 몰려들었다.

미니스커트의 여인이 빼앗겼던 지갑을 품에 안고서 우리에게 인사를 건넸다.

"감사합니다! 감사합니다!"

"아, 괜찮……."

내가 괜찮다고 말하려 했는데, 노인이 갑자기 끼어들어 내 말을 잘랐다.

"허허허, 당연히 해야 할 일을 한 것을. 공치사하려던 게 아니니 감사하다는 말은 넣어두시게."

"아… 네."

여인은 더없이 감동한 얼굴이 되었다.

그런데 노인이 그런 여인의 얼굴을 뚫어져라 보더니 진지한 음성으로 물었다.

"혹 배우자가 있는가?"

"네……? 아, 아니요."

"그러하다면 미래를 약속한 사람이 있는가? 그렇지 않다 하더라도 지금 교제하고 있는 사람이 있는가?"

"어, 없는데요."

"그럼 나는 어떠한가?"

"…네에?"

여인의 표정이 감사함에서 경악으로 바뀌었다.

"이래봬도 여든아홉밖에 되지 않았다네. 아직 팔팔한 팔십대라 이 말일세. 팔 근육 한번 보겠는……."

"그, 그럼 전 이만!"

여인이 꽁지가 빠져라 도망쳤다.

노인은 그런 여인의 뒷모습을 가만히 바라보더니 빙그레 미소 지으며 혼잣말을 했다.

"쑥스러워하기는. 귀여운 면이 있는 여인이구만. 헛헛헛."

…뭐지, 이 노인?

소매치기를 제압하길래 대단한 노인인 줄 알았는데, 지금은 그냥 노망난 할아버지 같다.

아무래도 나 역시 이 자리를 빨리 피하는 게 상책인 듯했다.

이제 곧 아랑이와의 데이트가 있을 텐데, 괜히 이상한 일에 연루되긴 싫었다.

한데 노인이 이번엔 날 바라봤다.

"이보게, 청년."

"네, 네?"

"운동신경이 보통이 아니더군."

"감사합니다."

대충 인사를 건네고 넘어가려 했는데 노인은 계속 말로 날 잡았다.

"게다가 몸도 보통이 아니야. 어지간한 충격에는 끄떡도 하지 않겠군."

아니 그걸 어떻게 알았지?

내 몸이 보일 리가 없는데.

한겨울인지라 옷으로 꽁꽁 싸매고 나왔으니 투시라도 하지 않는 한 저런 말을 한다는 건 무리다.

그냥 대충 넘겨짚는 건가?

가만… 그런데 이 할아버지… 왜 얼굴이 낯설지가 않지?

마치 어디선가 본 듯하다.

그때였다.

"지웅아!"

"지웅이 형!"

아랑이와 이랑이가 날 부르는 소리가 들려왔다.

다행이다.

하마터면 이상한 할아버지에게 잡혀서 무슨 일을 당할지 모르는 판국이었는데, 너희들이 날 살려주는구나.

난 그들 남매를 반갑게 맞아주었다.

아니, 그러려고 했다.

한데…….

"어? 할아버지, 여기서 뭐해요?"

노인을 본 이랑이의 말이었다.

"할아버지, 산책 나간다고 하시더니 여기 오시려는 거였어요?"

이건 아랑이의 말.

노인은 검지로 날 가리키며 두 남매에게 물었다.

"얘들아, 너희들이 아는 청년이냐?"

"네, 오늘 같이 점심 먹기로 약속한 친구예요."

"아~ 그럼 우리 이랑이를 불량배들한테서 구해주었다는 게……!"

아랑이가 활짝 웃으며 고개를 끄덕였다.

"네."

이랑이는 눈을 크게 뜨고 신기한 듯 소리쳤다.

"우와~! 대박! 이런 우연이! 역시 형이랑 우리 남매는 뭔가 있다니까!"

"지웅아, 인사드려. 우리 할아버지셔."

이게 뭐가 어떻게 돌아가는 거야?

우연도 이런 우연이 따로 없다.

정신이 없었지만 일단 웃어른에 대한 예의부터 갖추는 게

도리겠지.

"안녕하세요. 아랑이랑 같은 반 친구 유지웅이라고 합니다."

"그래그래~ 난 아랑이 할애비 되는 사람일세. 앞으로 무천(武天)도사라고 부르면 돼."

무, 무천도사.

뭐지, 이 무협에서나 나올 법한 작명 센스는?

현대와는 전혀 어울리지 않는 별호다.

"어휴, 할아버지. 그 별호 촌스럽다니까."

"이랑이 말이 맞아요. 다른 별호로 바꿔보실 생각은 없으세요?"

"이놈들이 눈만 뜨면 그 소리! 내 별호 가지고 두 번 다시 말 말랬거늘!"

아랑이의 할아버지, 아니 무천도사의 호통에 두 사람은 입을 딱 다물었다. 무천도사는 계속 말을 이었다.

"험험, 내가 첫 대면인 사람 앞에서 실례를……."

"아니요, 괜찮습니다."

"근데 우리 아랑이랑 이랑이가 참 좋은 인연을 곁에 두었구나. 방금 이 청년이 지나가던 소매치기를 잡았단다. 대부분의 현대인은 이런 상황에 맞닥뜨리면 혹여라도 자기한테 불똥이 튈까 쉽게 나서지 못하는 법인데 말이야."

무천도사의 칭찬에 나보다 이랑이의 얼굴이 밝아졌다.

"그럼요! 지웅이 형인데 당연하죠."

아랑이가 날 보며 방긋 미소 지어주었다.

아… 더없이 행복하다.

선행을 쌓는다는 건 정말 좋은 일이구나.

잠깐, 그런데 무천도사가 이랑이의 할아버지라는 건…….

"이랑아, 혹시 친할아버지셔?"

"네."

"그럼 네게 극천무를 일인전승해 주시는 분이 바로?"

"맞아요. 할아버지세요."

그랬구나.

어쩐지 연세에 비해 정정하시더라니.

무천도사는 우리가 나누는 대화를 가만히 듣다가 끼어들었다.

"젊은이들의 소중한 시간을 내가 이런 식으로 빼앗아선 안 되겠지. 난 이 소매치기를 경찰에게 인계할 테니, 젊은이들은 소중한 청춘을 즐기도록 하거라. 아, 그리고 지웅 청년."

"네?"

"언제 한번 우리 집에 오도록 하지."

"제, 제가요?"

무천도사가 고개를 끄덕였다.

"삼대가 같이 살고 있으니 아랑이, 이랑이도 집에 있을 테고… 그리 불편하진 않을 것 같다 생각하네만, 어떤가?"

그 말인 즉 아랑이의 집에 초대된다는 얘기인가?

당연히 거절할 리가 없다!

"불러만 주신다면 언제든지 가겠습니다, 무천도사님!"

"헛헛헛! 호탕해서 좋군."

그런데 그때 이랑이가 불안한 듯 끼어들었다.

"저기, 할아버지! 혹시 지웅이 형한테 그 일… 시키려는 건 아니지?"

무천도사는 이랑이의 물음에 대답 대신 오묘한 미소를 지었다.

그러고는 바람처럼 움직여 기절한 소매치기를 안고 금세 떠나 버렸다.

마치 귀신에 홀린 듯한 광경이었다.

어떻게 사람의 움직임이 저럴 수가 있는 건지.

무천도사가 사라진 후, 이랑이에게 물었다.

"이랑아, 그 일이라는 게 뭐야?"

이랑이가 고개를 절레절레 저었다.

"아니에요, 형. 신경 쓰지 말아요. 그리고 어지간하면 우리 집에 놀러 오지 않는 게 좋을 거예요."

"왜?"

"사람들이 다 별종이라……."

딱!

아랑이가 이랑이의 정수리를 때렸다.

"악! 왜 때려, 누나!"

"가족들한테 별종이 뭐니."

"별종 맞잖아!"

"다들 개성이 뚜렷한 것뿐이야."

"그게 그거지……."

이거 뭔가 께름칙하다.

무천도사가 초대하면 가야 하는 거야, 말아야 하는 거야.

아니, 근데 그전에 어떤 식으로 날 초대한다는 건지도 모르겠다.

[지웅.]

깜짝이야!

[갑자기 이렇게 텔레파시 좀 보내지마.]

[방금 그 노인, 보통이 아니야.]

[그렇게 대단해?]

[지구인들 입장에서 보자면. 내 입장에서 판단해 볼까? 사람 앞에 개미 꼴이지.]

[…잘나셨습니다.]

[하지만 조금 놀란 건 사실이다. 지구인들의 수준은 다들

거기서 거기일 거라 생각했었는데.]

[지금 나랑 싸우면 누가 이겨?]

[초딩이냐? 그런 걸 묻게.]

[그런 의미가 아니잖아! 그냥 무천도사님이 얼마나 강한 건지 궁금해서 물어본 거잖아!]

[확실하게 대답해 주마. 네가 백 퍼센트 진다. 이길 가능성은 개미 눈곱만큼도 없어.]

[그렇게 강하다고?]

[그래. 어쩌면… 지구도 겉보기완 다르게 속에선 재미있는 일이 많이 벌어지고 있는 건지도 모르겠군. 혹여라도 그 노인이 널 초대한다면 꼭 그에 응해라.]

카시아스가 저렇게까지 관심을 보이니 나도 흥미가 생겼다.

[알았어.]

둘의 대화는 거기에서 끝났다.

한데 이 녀석 어디에 있었던 거야?

오늘은 집에서 나올 때부터 보이질 않던데.

난 주변을 휘휘 둘러봤다.

카시아스는 바로 옆 나뭇가지 위에 앉아 있었다.

등잔 밑이 어둡다더니.

"나 이제 배고프다, 지웅아. 빨리 맛있는 거 먹으러 가자."

"그래요, 형. 나도 배고파요."

"아, 그래. 뭐 먹으러 갈까?"

"내가 아는 맛집이 있는데 일단 거기에서 간단히 요기 좀 할까?"

아랑이의 말이었다.

"그래, 그러자."

우리 셋은 나란히 서서 아랑이의 안내를 받으며 맛집으로 향했다.

그런데 어째 아랑이의 말이 조금 이상한 것 같았다.

아는 맛집에서 간단히 요기를 한다고?

* * *

놀라운 경험을 두 가지나 했다.

그중 하나는 아랑, 이랑 남매와 벌써 다섯 번째 점심을 먹고 있다는 것이다.

두 남매는 서로 번갈아가며 맛집을 추천했고, 들른 곳마다 음식이 전부 맛있었다.

문제는 그들이 먹는 양이었다.

난 설마 아랑이가 이렇게나 대식가일 거라곤 생각도 못했다.

아랑이도 이랑이도 들르는 맛집마다 꼬박꼬박 1인분 이상씩의 음식을 해치웠다.

한데도 여전히 허기진 얼굴로 열심히 갈비를 먹고 있었다.

게다가 내게는 돈을 내지도 못하게 했다.

이건 고마움의 표시로 그들이 대접하는 거니 그냥 맛있게 먹으란다.

그 마음이야 고맙지만… 이미 난 두 번째 맛집에서 나오는 순간 배가 차 있었다.

세 번째 맛집부터는 그냥 음식의 맛만 볼 뿐이었다.

'저렇게 먹으면서 살이 안 찌다니.'

참 신기한 노릇이었다.

가만 보면 이랑이보다 아랑이가 더 먹는다.

그것도 참 복스럽게 잘 먹는다.

먹는 모습도 어쩜 그리 예쁜지… 이게 아니지.

아무튼 대식가 남매의 모습에 한 번 놀랐고, 두 번째로 놀란 건 음식을 맛볼 때마다 내가 잡아내는 재료 때문이었다.

무슨 음식이 들어오든 간에, 그 요리를 하는 데 들어간 재료들이 내가 한 번이라도 먹어본 것이라면 전부 머릿속에 파파팍 떠올랐다.

게다가 그 재료들이 어떠한 비율로 배합된 것인지까지 정확하게 짚어낼 수 있었다.

이 정도의 절대미각이라면 맛집의 음식을 먹어보는 것만으로도 충분히 그 요리를 베낄 수 있을 듯 했다.

내게는 리조네의 절대미각뿐만 아니라 마르펭의 요리 실력도 있으니 말이다.

다행히도 둘 다 액티브 소울이 아닌 패시브 소울이다.

하지만 문제가 있었다.

바로 내가 먹어보지 못한 요리의 재료는 밝혀낼 수가 없다는 점이었다.

세상에는 향신료만도 그 종류가 어마어마하다.

어디 향신료뿐인가?

요리에 들어가는 야채, 과일, 조미료, 고기부터 시작해서 특이한 요리에 들어가는 특이한 재료들까지.

내가 과연 그중에 얼마나 많은 걸 먹어봤을까?

그러다 보니 맛집의 음식들을 먹어도 파악이 제대로 되지 않는 재료들 때문에 맛의 비법을 밝혀낼 수가 없었다.

물론 그런 비법을 알아낼 필요가 없는 삼겹살집도 있었다.

하지만 삼겹살은 우리 가게가 승부수를 던지기에 불안 요소가 너무나 많았다.

'이래서 제대로 터뜨릴 만한 요리를 만들어낼 수 있을까?'

그러한 불안감이 커져 갈 무렵 다섯 번째 맛집에서의 식사도 끝났다.

밖으로 나온 남매는 마지막 여섯 번째 맛집으로 날 이끌었다.

그들이 선택한 메뉴는 바로 매운 닭발이었다.

"닭발?"

"응. 지웅아, 여기 못 와봤지?"

닭발집 상호 이름은 용용닭발이었다.

대충 지은 듯한 상호와는 달리 유리문 너머 보이는 가게 내부는 손님으로 가득했다.

"닭발을 그다지 즐기는 편이 아니라서……."

"그렇게 말하는 사람들도 여기서 한번 먹어보면 중독된다?"

"에이, 설마. 그리고 난 매운 것도 별로 안 좋아하는데?"

"여기는 그냥 무작정 매운 게 아니야. 적당히, 맛있게 매워. 그리고 매운맛도 우리가 조절할 수 있어. 총 다섯 단계거든. 우리는 오늘 2단계로 먹으면 되겠다. 지웅이가 초보자니까."

"그래, 누나. 그러자."

솔직히 닭발은 그다지 끌리지 않았지만, 남매의 추천에 어쩔 수 없이 끌려 들어갔다.

내부로 들어서서 빈 테이블에 자리를 잡고 앉았다.

아랑이가 주문을 하는 동안 난 주변을 둘러봤다.

가게 한켠에 용용닭발은 인공 조미료를 사용하지 않고 과일과 야채를 갈아 만든 특제 비법 소스로 맛을 냈다는 문구가 자랑스레 적혀 있었다.

'하아, 아무래도 뭔가 잘못되어 가고 있어.'

애초부터 오늘 약속에 이랑이가 낀다는 건 알고 있었다.

하지만 셋이 모이더라도 무언가 조금은 설레는 자리가 되지 않을까 생각했다.

그러나 이건 설렘이라고는 눈곱만큼도 없었다.

그저 전투적으로 맛집을 탐방하고만 있다.

이거 데이트야, 맛집 탐방이야?

Chapter 11
양념의 비법

드디어 아랑이가 주문한 뼈 없는 국물 닭발이 나왔다.

아랑이랑 이랑이는 뼈 있는 닭발을 좋아하는데, 내가 처음이라서 배려를 해준 것이다.

무뼈 국물 닭발은 작은 철 냄비에 붉은 양념 국물이 무뼈 닭발과 함께 담겨 나오는 형태였다.

사이드 메뉴로 동치미와 주먹밥, 그리고 계란찜이 함께 나왔다.

"먹어봐, 지웅아."

아랑이가 기대하는 눈으로 말했다.

"응."

솔직히 배가 너무 불러 이제는 더 먹기도 싫다.

그러나 아랑이를 실망시키는 것이 더 싫다.

그래서 닭발 하나를 젓가락으로 집어 입에 넣었다.

한데 그 순간.

"……!"

맛의 신세계를 보았다.

이걸 어떻게 표현해야 하지?

짠맛, 단맛, 매운맛, 고소한 맛이 조화롭게 뒤섞여 혀를 자극했다.

어느 것 하나 유난히 튀질 않았다.

닭발은 부드럽게 씹혀 특유의 풍미를 입안에 터뜨리고서 목으로 넘어갔다.

게다가 비린내도 없었다.

"와아."

나도 모르게 감탄사가 나왔다.

이어, 내 머릿속에 양념에 들어간 재료들이 좌르르륵 떠올랐다.

가게 내부에 써놓은 것처럼 이 매운 닭발 양념엔 다섯 가지의 과일이 들어가 있었다. 그 과일들의 맛은 모두 내가 아는 것이었다.

그리고 그 외에 양념에 들어간 부재료 역시 모두 혀에 익숙하고 무엇인지 짚어낼 수 있는 것이었다.

동시에 재료들의 비율 배합도 예상이 되었다.

즉… 나는 이 집 닭발 양념의 비밀을 알아냈다는 말이다.

드디어, 아버지 가게를 살릴 만한 회심의 메뉴를 찾아냈다.

“이거야…….”

내 말에 아랑이가 유난히 좋아했다.

“그치? 맛있지?”

“형, 그 정도로 맛있어요?”

두 사람이 내 의도를 조금 오해하긴 했지만, 맛이 없는 건 아니기에 고개를 끄덕였다.

“응, 정말 맛있다.”

“기분 좋다~ 지웅이가 이렇게까지 좋아하니까 사주는 보람이 있는 것 같아. 그전까지는 맛있다고 해도 이런 반응 보이지 않았었잖아~”

아랑이는 맛집의 음식을 먹어보고 그에 대한 감동을 누군가와 공유하는 게 기쁜 모양이다.

그럼 마음껏 기뻐해 줘야지!

안 그래도 난 지금 닭발이 맛있어서 기쁘고, 가게를 구원할 메뉴가 생겨서 기쁘다!

“정말 짱이야, 아랑아!”

"와아~! 마음껏 먹어, 지웅아!"

"응!"

아까도 말했듯이 이미 난 배가 부른 상태다.

그런데 이 무뼈 국물 닭발은 계속해서 들어갔다.

우리 셋은 순식간에 닭발을 해치운 뒤, 주먹밥을 국물에 찍어서 먹었다.

결국 여섯 번째 맛집의 음식도 깨끗이 비워 버렸다.

정말 대단한 남매들이다.

* * *

"오늘 정말 즐거웠어, 지웅아."

"나도 즐거웠어요, 형~"

우리 세 사람의 맛집 탐방은 오후 네 시가 되어서야 끝났다.

아랑이는 정말 만족스러운 얼굴이었다.

"나도 좋았어. 다음번엔 내가 점심 살게."

"정말?"

아랑이의 눈이 초롱초롱해졌다.

정말로 먹을 걸 좋아하는 여인이었다.

"응. 아랑이도 같이 와."

그러자 이랑이가 씩 웃었다.

"어쩐지 그때는 제가 바빠질 것 같아요."

"응? 그게 무슨 말이야?"

내가 되묻자 이랑이가 내 귀에 대고 속삭였다.

"저도 눈치가 있어요, 형. 우리 누나 맘에 들죠?"

"……."

정곡을 찔렸다.

그래서 뭐라고 해야 할지 알 수가 없었다.

카시아스를 만나기 전까지는 언감생심 아랑이를 마음에 두지도 못했다.

나와는 너무 다른 세상에 사는 사람 같았기 때문이다.

하지만 지금은 아랑이가 점점 마음에 들어오고 있었다.

그에 반해 유주 누나의 존재는 조금씩 희석되었다.

사람 마음이라는 게 참 간사하다더니.

"그럼 지웅이 형, 다음에 또 봐요~"

이랑이가 어느새 아랑이 옆으로 가서 손을 흔들었다.

"그래, 이랑아."

"잘 들어가, 지웅아."

"응~ 아랑이도."

두 남매는 작별 인사를 하고 등을 돌렸다.

*　　*　　*

나는 대형 마트를 향해 가고 있었다.

당장 닭발 요리를 하는 데 필요한 재료들을 구하기 위해서다.

대형 마트에 가면 과일 코너에 정육 코너까지 다 있으니 재료를 구하는 게 어렵지는 않을 것이다.

카시아스는 그런 내 어깨에 올라탄 채 말을 걸었다.

"마트에 가면 담배 좀 사라."

"뭐, 인마?"

"네 덩치로 사복 입고 다니면 학생이라고 생각 안 할 거야. 그러니 한 보루만 사. 요새 하도 담배를 못 피웠더니 입이 심심하다."

"웃기고 있네."

고양이가 무슨 담배를 피운다는 건지, 원.

"그럼 술이라도 사라. 이곳의 술은 역시 소주가 좋더군. 비 오는 날은 막걸리도 나쁘지 않고."

"술도 담배도 절대 사는 일 없을 거야."

"누구 덕에 이 정도까지 살 만해진 건데? 배은망덕한 놈."

"뭐라고 도발해도 소용없어."

그나저나 아랑이는 지금 이랑이랑 집에 잘 가고 있겠지?

둘이 돌아가면서 무슨 얘기를 나눌까?

내 얘기를 하고 있을까?

진짜 궁금하다.

이러면 안 되지만 두 사람이 하는 이야기를 엿듣고 싶은 마음이 간절하다.

내가 육백만 불의 사나이였다면 남의 이야기 훔쳐 듣는 것쯤 일도 아닐 텐데.

'어? 잠깐만.'

그러고 보니 그런 능력이 있었잖아?

남들보다 뛰어난 청력을 가진 영혼을 소울 스토어에서 팔고 있었어!

"소울 커넥트!"

난 다급하게 소울 스토어에 접속했다.

현실 세계가 와르르 무너지고 어둠이 가득한 세상이 나타났다.

이어 늘 그렇듯이 라헬이 상냥한 미소를 띤 채 모습을 드러냈다.

"오셨군요, 유지웅 님."

"파펠의 영혼을 사겠어."

"뛰어난 청력을 가진 파펠 말입니까?"

"응."

"지웅 님께선 소울 스토어에 방문하신 첫날, 파펠의 능력이 별로 쓰잘 데 없다고 하셨던 것 같습니다만."

"내가 그런 거 아냐. 카시아스가 그랬지."

"한데 갑자기 파펠의 능력은 어찌 찾으시나요?"

"달라면 그냥 내놔."

라헬이 고개를 갸웃거리더니 어깨를 으쓱였다.

그의 얼굴은 영 마땅찮은 표정이었다.

"알겠습니다. 그렇게 하죠."

라헬이 손으로 허공을 슥 훑었다.

그러자 미약하게 빛나는 영혼 하나가 나타났다.

그것은 내게 다가와 몸 안으로 스며들었다.

이제 파펠의 힘은 내 것이 되었다.

"더 필요한 영혼은 없으신가요? 현재 보유하고 계신 돈이 39링크이니 아르마의 영혼을 살 수 있으신데요."

아르마는 30링크짜리 영혼이다.

그 힘은 황당하게도 남성을 유혹하는 것.

하지만 내가 남성을 유혹해 뭐하겠느냔 말이다.

"간다."

난 얼른 소울 스토어를 벗어났다.

검은 공간은 모두 사라지고 다시 현실 세상이 날 반겼다.

순간.

"…윽!"

난 귀를 막고 비틀거렸다.

사위에서 오만가지 잡소리가 다 들려왔다.

사람들의 이야기 소리, 인근 가게들의 주방에서 나는 요리 소리, 설거지 소리, 누군가의 욕설, 고양이 울음소리, 개가 짖는 소리, 여인의 다급한 비명 소리, 하수도에 물이 내려가는 소리 등등.

이루 다 말로 설명할 수 없는 갖가지 소리가 한 번에 고막을 흔들어놓았다.

"크윽!"

이 소리들을 계속 듣다가는 정신이 나갈 지경이다.

"정신 차려라, 유지웅. 파펠의 뛰어난 청력은 네가 마음먹은 대로 주변에서 들리는 소리들을 차단하고 받아들일 수 있다. 아직 익숙하지 않은 것뿐이야. 진정하고 소리를 차단한다고 생각해 봐."

"으윽! 알았어……!"

카시아스의 말대로 난 주변의 소리를 차단하기 위해 노력했다.

신기하게도 내가 마음을 먹은 지 얼마 되지 않아 수많은 소리가 차단되었다.

나중에는 평소의 청력보다 살짝 더 좋아진 정도의 수준까지 조절할 수 있었다.

"하아, 죽을 뻔했어."

"띨띨한 놈."

"시끄러워. 갑자기 그런 능력이 훅 들어오니까 놀란 것뿐이야."

"어서 마트나 가자. 술이랑 담배를 사야 하니까."

"끈질기네, 진짜. 그런 거 안 산다니까."

난 다시 마트로 걸음을 옮기려 했다.

그런데 잠깐.

아까 내가 들었던 여러 가지 소리 중에 분명… 여자의 비명소리도 섞여 있었는데?

"안 가고 뭐해?"

탁!

카시아스가 꼬리로 내 목을 쳤다.

"카시아스, 이 능력이 주변의 소리 중 원하는 소리만 극대화시켜 들을 수도 있다고 라헬이 말했었지?"

"그래. 왜? 아랑이가 네 흉보는 소리라도 들렸나?"

일단 무시하자.

저놈이랑 얘기하다간 복장이 터질지도 모르니.

난 다시 청력을 확장했다.

그러자 전처럼 시끄러운 소리들이 내 고막을 괴롭히기 시작했다.

그 안에서 여인의 비명 소리를 찾아내려 애썼다.

하지만 들리지 않았다.

처음에 포착했던 여인의 비명도 사실 아주 찰나의 것이었다.

누군가 여인의 입을 틀어막는 바람에 중간에 끊기는 듯한 그런 비명.

'괜한 오지랖일지도 몰라. 끼어들어선 안 되는 일일지도 몰라. 그런데 내가 왜 이렇게 집착하는 거지? 단순히 선행을 쌓아 링크를 얻기 위해서?'

하지만 그렇다고 보기엔 내가 너무 필사적이었다.

어느 순간부터 난 타인의 위기를 그냥 보아 넘기지 못하는 성격이 되어버렸나 보다.

하물며 이토록 다급해 보이는 상황이라면 더더욱 지나칠 수가 없었다.

만약 이대로 그냥 모른 척 가버린다면 계속해서 그 여인의 비명이 귓전에 남아 날 괴롭힐 것 같았다.

계속해서 아까 들었던 비명을 찾던 그 순간.

"꺅!"

찾았다!

난 소리가 난 쪽으로 몸으로 돌리고 무작정 달렸다.

"가만히 있어, 쌍년아."

여자의 비명 소리가 들린 곳 부근에서 남성의 험한 말이 들려왔다.

"내가 오늘까지 돈 갖고 오라고 했지?"

그는 돈을 요구했다.

"없어! 없다고 했잖아!"

"없어? 그럼 네 몸 팔아서라도 만들어 와!"

"진짜 나한테 왜 이러는 건데! 우리 이미 헤어졌잖아!"

"헤어진 건 헤어진 거고, 사귈 때 나랑 같이 빌린 돈은 해결해야지."

"하! 내 이름으로 빌린 돈은 다 갚았거든? 그리고 그 돈 내가 한 푼이라도 쓴 적 있어? 다 네가 술 마시고 도박하는 데 썼잖아."

"내가 나 혼자 좋자고 그랬냐! 한탕 제대로 해서 너도 호강시켜 주려고 그랬던 거잖아, 썅! 너 진짜 이러기야? 내가 지금 그 사채 빚 안 갚으면 어떻게 되는지 몰라?"

대충 상황이 짐작된다.

여자는 사채를 빌린 남자랑 사귀었고, 그 당시 여자의 이름으로 사채를 더 빌려서 남자에게 준 모양이다.

그 상황에서 헤어졌고, 여자는 자기 이름으로 빌린 돈을 다 갚았지만 남자는 아직 갚지 못한 것 같았다.

"처음부터 이럴 생각이었지? 이런 식으로 접근해서 빌린 돈 다 나한테 떠넘길 생각이었지?"

"좋을 대로 생각하고, 돈이나 만들어 오라고."

"…개새끼."

짝!

"악!"

여인이 욕설을 하자마자 얻어맞은 모양이다.

난 계속 달렸고 점점 소리는 가까워졌다.

그러다 어느 골목에 도착했다.

인적이 드문 좁은 골목의 막다른 길에 뺨을 감싼 여인과, 그 여인에게 다시 손찌검을 하려는 남자가 보였다.

"저기요!"

내가 소리를 빽 지르자, 남자는 손을 멈추고서 뒤돌아봤다.

여인의 떨리는 시선이 내게 향했다.

"뭐야, 넌?"

남자가 인상을 팍 쓰며 내게 다가오려다가 그대로 굳었다.

덩달아 나도 다른 의미로 굳었다.

녀석의 얼굴은 낯설지가 않았다.

어디서 봤더라? 아, 생각났다.

"당신… 나 알지?"

"……."

남자는 아무 말이 없었다.

"술 취해서 편의점 들어와 깽판 치던 그 인간 맞지?"

"……."

여전히 녀석은 말을 못했다.

확실했다.

유주 누나와 함께 편의점에 있을 때, 자기가 피우던 담배를 알아서 내놓으라고 깽판 치다가 나한테 혼나고 도망친 그 인간이었다.

이런 악연이 또 있을까?

잠시 동안 눈만 데굴데굴 굴리던 녀석이 겨우 입을 열었다.

"너랑 상관없는 일이니까 그냥 꺼져!"

"그렇겐 못하겠는데?"

"씨팔 진짜!"

놈이 주머니에서 스위치 블레이드를 꺼냈다.

"너 뭐하는 거야! 하지 마!"

여자가 놀라서 소리쳤다.

"닥쳐!"

놈은 여자에게 윽박지르고 날 노려봤다.

"그땐 내가 술 취해서 좀 힘들었는데, 지금은 아주 멀쩡하거든? 배때기에 구멍 나기 싫으면 좋은 말 할 때 그냥 가라."

내 시선이 놈의 손에 들린 칼로 향했다.

야구방망이까지는 맞아도 별 이상이 없었다.

하지만 과연 칼은 어떨까?

시리게 빛나는 날을 보고 있자니 조금 긴장이 됐다.

[쫄았냐?]

그때 카시아스가 텔레파시로 내게 말했다.

[…칼 들고 있을 줄은 몰랐지.]

[잘났다.]

[내가 제압할 수 있을까?]

[지금의 넌 선빵필승이다. 칼에 맞기 전에, 낭아권으로 날려 버려.]

[후우.]

어차피 엎질러진 물.

이제 와서 돌이킬 순 없다.

난 호흡을 가다듬고 녀석에게 다가갔다.

녀석이 엉거주춤 서서 칼을 앞으로 쭉 내밀고 날 경계했다.

'천천히 다가가서, 바로 낭아권을 사용한다.'

놈이 위협적으로 칼을 허공에 휙휙 찔러 넣었다.

점점 둘의 거리가 좁혀졌다.

그러다 서로가 공격 사정권으로 들어온 순간.

쉭!

놈의 손에 들린 칼이 뱀의 대가리처럼 내 배를 노리고 찔러 들어왔다.

난 몸을 옆으로 틀면서 주먹을 말아 쥐고 말했다.

"낭아권."

시동어를 말하는 동시에, 내 주먹이 앞으로 튀어나갔다.

쐐애애애액! 퍽!

"컥!"

주먹은 정확하게 놈의 복부에 틀어박혔다.

놈의 눈이 튀어나올 듯 커졌다. 그리고 몸이 허공에 붕 떠 뒤로 죽 날아갔다.

콰당탕! 털썩!

막다른 벽에 몸을 부딪치고 바닥에 널브러진 녀석에게 다가갔다.

제법 엄청난 충격이 전해졌을 텐데도, 녀석은 기절하지 않고 손엔 여전히 칼을 쥔 채였다.

"쿨럭! 컥! 우웨에에에엑!"

놈이 다시 일어나려고 발악하다가 구토를 했다.

입에서 온갖 더러운 것이 다 게워졌다.

난 그런 녀석의 얼굴을 발로 후려 찼다.

퍽!

"억!"

놈이 옆으로 빙글 드러누우며 쥐고 있던 칼을 놓쳤다. 한데 칼이 자신의 생명줄이라도 되는 양, 다시 다급히 주우려 했다.

그렇게 놔둘 순 없지.

난 칼을 노리고서 낭아권을 시전했다.

"낭아권."

쐐애애액! 퍽!

내 주먹에 맞은 칼이 산산조각 부서졌다.

이를 본 녀석의 눈이 휘둥그레졌다.

날 올려다보는 눈동자는 공포로 가득 차 있었다.

사람이 맨손으로 쇠를 조각냈으니 그럴 만도 했다.

내가 놈의 턱을 한 손으로 잡고 두 눈을 쏘아보며 말했다.

"만약에 한 번만 더 저 여자한테 접근하면, 다음번엔 네가 저 꼴이 될 거야. 알았냐?"

놈은 잔뜩 질려서 대답도 제대로 하지 못하고 고개만 끄덕였다.

하지만 그냥 이대로 일을 마무리 짓기엔 놈의 행실이 너무 악독했다.

그때 좋은 생각이 떠올랐다.

"소울 커넥트."

당장 소울 스토어에 접속했다.

라헬이 어둠 속에서 모습을 드러내자마자 그에게 말했다.

"아르마의 능력을 사겠어."

"…오늘은 어째 계속 급하시네요, 유지웅 님."

"바쁘니까 잔말 말고 빨리 내놔."

"그러죠."

라헬이 짜증나 죽겠다는 얼굴로 아르마의 영혼을 꺼내 내게 건네주었다.

"10링크 잘 받았습니다."

영혼을 흡수한 뒤, 다시 현실로 돌아왔다.

내 손은 여전히 놈의 턱을 쥐고 있었다.

난 레이븐 링을 이용해 아르마의 힘을 녀석에게 전이시켰다.

가슴에서 튀어나온 미세한 빛이 팔을 타고 레이븐 링에 머물렀다가 놈의 몸 안으로 스며들었다.

그제야 난 놈의 턱을 놓아주었다.

아르마의 힘은 남성을 유혹하는 것이다.

이제 저 녀석 주변엔 온갖 남자가 다 꼬이게 되겠지.

평생 여자보다 남자의 사랑을 듬뿍 받으며 살아가게 될 것이다.

또 모르지.

사채업자들이 녀석한테 반해서 돈 대신 몸으로 갚으라고 할지.

띠링!

—전에 사귀었던 양아치 남친 때문에 위기에 처한 여인을 구해주셨네요~ 백마 탄 왕자님 같았어요. 선행을 쌓아 5링크가 주어집니다.

5링크?

그 말은 이 더러운 상황에 처한 여인 말고, 네 사람이 더 그녀를 도와주었으면 하는 생각을 했다는 얘기다.

'네 명은 이걸 보고서도 그냥 지나쳤다는 거겠지.'

착잡했지만 그들도 어쩔 수 없었을 것이다.

괜한 일에 휘말리기 싫었겠지.

난 골목을 벗어났다.

여인이 그런 내 뒤를 바짝 따라붙었다.

Chapter 12
양념의 비법 2

"정말 고마워."

여인은 내게 뭐라도 보답을 하고 싶다며 카페로 끌고 들어갔다.

난 지금 그런 것보다 얼른 무뼈 국물 닭발을 만들어보고 싶어 죽겠다.

하지만 그녀가 이대로 가면 자기 마음이 계속 불편할 것 같다며 잡아끄는 바람에 어쩔 수 없이 카페에 와 평소에 잘 마시지도 않는 아메리카노를 홀짝이게 되었다.

으… 써.

이 쓴 걸 사람들은 왜 그렇게 좋아하지?

그럴 거면 차라리 보약을 지어 먹지.

"난 박인비야."

박인비? 특이한 이름이다. 그런데 왜 아까부터 계속 반말인 걸까? 내가 좀 불만스러운 표정을 짓자니, 인비가 불쑥 물었다.

"혹시 반말하는 거 불편해?"

"불편하다기보단… 그래도 초면인데……."

"그냥 편하게 말 놓자, 우리. 나 스물한 살인데, 그쪽은? 나보다 나이 많으면 오빠라고 부를게."

"…열아홉."

"열아홉? 그럼… 고딩?"

"응."

"뭐야~ 말 놔도 되겠네. 누나라고 부를래? 싫으면 그냥 이름 불러도 되고."

뭐가 이렇게 쿨해?

내가 여태껏 살아오면서 만난 사람 중 제일 쿨한 것 같다.

"그래서 네 이름은 뭐야?"

"유지웅."

"이름 멋지네~"

인비가 말갛게 웃었다.

말투와는 달리 그 모습이 꼭 티 없는 어린아이 같았다.

그런데 어쩌다 그런 양아치를 사귀어 가지고, 이런 꼴을 당한 건지.

"너 아니었으면 어떻게 됐을지… 생각만해도 소름 끼친다. 칼까지 가지고 다닐 줄은 몰랐어, 진짜."

인비는 한숨을 푹 내쉬며 붉은색으로 염색한 머리를 뒤로 넘겼다.

이제 보니 눈동자도 검은색이 아니라 붉은색이다.

컬러 렌즈 같은 걸 착용한 모양이다.

"근데 나 이제 그만 가봐도 될까? 할 일이 있어서."

"많이 바빠?"

"조금."

"커피 다 마시고 가."

그 말에 쓰디쓴 아메리카노를 원샷했다.

"이제 됐지?"

"근데, 아까 그 인간이랑은 어떻게 알아?"

"내가 아르바이트하는 편의점에 와서 난동 부렸었어."

"편의점 아르바이트 해? 어디서?"

"우리 동네서."

"어느 동넨데?"

"…몰라도 돼. 진짜 간다."

"그럼 잠깐만! 부탁 하나만 더 들어줘!"

"뭔데?"

"나 지금 혼자 두고 가면 그 인간이 또 찾아와서 행패 부릴지도 몰라."

"호되게 혼냈으니까 찾아오는 일 없을 거야."

"그래도 혹시 모르니까 전화 좀 빌려줘. 아는 오빠 불러서 나 좀 데려가라고 하게."

"넌 핸드폰 없어?"

"배터리가 다 됐단 말야."

에효, 그래 선행 한 번 더 하는 셈 치고 주자.

난 핸드폰을 인비에게 건네주었다.

인비가 빠르게 번호를 찍고 통화 버튼을 눌렀다.

그러자 갑자기 어디에선가 핸드폰 벨소리가 울렸다.

인비는 자신의 주머니에서 스마트폰을 꺼내 전화를 받더니 씩 웃었다.

"뭐야? 너한테 전화한 거야? 배터리 없다며?"

"뻥이지. 이렇게라도 안 하면 네가 번호 안 줄 거 뻔하잖아."

"……."

할 말이 없다.

쿨한 건 둘째 치고 엄청나게 적극적인 여자다.

"번호 저장해 둘게. 내가 연락하면 받아야 돼?"

난 대답 없이 핸드폰을 빼앗았다.

카페를 나서는 내 뒤로 인비의 음성이 들려왔다.

"나 너 마음에 들어! 또 만나자!"

과연 만날 일이 있을까 싶다.

* * *

마트에서 무뻐 국물 닭발 요리에 필요한 재료들을 모두 사 가지고 집으로 왔다.

누나는 피곤한 업무에 지쳐 벌써 잠이 든 모양이다.

난 누나가 깨지 않도록 조리 도구들을 내 방으로 가지고 왔다.

우선은 기본 양념장을 준비해야 한다.

기본 양념장을 만드는 데 들어가는 재료는 고추장과 고춧가루, 간장, 다진 마늘, 청주, 물엿이다.

그것들을 적절한 비율로 섞어준 뒤, 다음으로 해야 할 건 내가 파악한 다섯 가지 과일, 야채들을 갈아 넣는 것이다. 한데 그중 하나는 매실 엑기스였고, 다른 하나는 즙만 짜 넣어야 하는 레몬이었다.

따라서 실질적으로 갈아야 하는 재료는 세 가지였다.

그 세 가지는 양파와 사과, 배였다.

일단 과일들을 손질했다.

도마 위에 과일을 놓고 네 조각으로 잘라 껍질을 벗기는데, 그 손놀림이 기가 막혔다.

전문 주방장의 손놀림 같았다.

내가 하면서도 놀랄 지경이었다.

영혼의 힘은 매번 날 경이롭게 만든다.

손질된 과일들을 알맞은 비율로 믹서기에 갈아, 미리 만들어놓은 양념장에 섞었다.

그리고 휴대용 가스레인지에 볼이 깊은 프라이팬을 얹고, 닭발을 양념에 무쳐 끓였다.

요리가 완성되며 퍼지는 향이 기가 막혔다.

드디어 무뼈 국물 닭발이 완성되었다.

설레는 마음으로 첫 시식을 해보려는 그때.

벌컥!

"깜짝이야!"

내 방문이 갑자기 열렸다.

문 앞에는 자다 깬 누나가 엄청난 몰골로 코를 벌름거리며 서 있었다.

"이게 무슨 냄새가 했더니, 네가 범인이었구나."

"놀랐잖아!"

"근데 이게 웬 난장판이냐?"

"그냥… 요리 좀 해봤어."

"요리? 네가? 라면도 잘 못 끓이는 게?"

"안 끓였던 거지, 하면 잘해!"

"허이고, 기특해서 돌아가시겠네."

"아, 빨리 가서 자."

"자긴 뭘 자."

누나는 기어코 내 방으로 들어왔다.

그러더니 내가 들고 있던 집게를 빼앗아 닭발 하나를 집어 입에다 턱 넣었다.

난 기대하는 눈빛으로 그런 누나의 반응을 살폈다.

누나는 닭발을 오물오물 씹다가 꿀꺽 넘기더니 휘둥그레진 눈으로 날 바라봤다.

"어때?"

누나는 한참 입맛을 다시더니 말했다.

"이거 정말 네가 한 거 맞아?"

"응."

"의외네~? 제법 맛있다?"

"고작 그거야?"

"고작 그거냐니?"

"엄청 눈 뒤집어지게 맛있거나 뭐 그렇진 않아?"

"야, 닭발 맛이 다 거기서 거기지. 그런 게 어디 있냐? 게다가 네가 한 건데."

뭐? 그럴 리가 없는데.

나는 누나에게 집게를 빼앗아 닭발을 먹어보았다.

그런데.

"……."

맛있었다.

확실히 맛은 있는데, 내가 먹어봤던 용용닭발집의 맛을 따라가긴 힘들었다.

'뭐가 문제지?'

그 집의 양념 맛은 완벽하게 간파했다.

그리고 비율도 제대로 맞췄다.

그런데 그 맛이 나질 않았다.

내게는 리조네의 절대미각도, 마르펭의 요리 실력도 있었다.

절대로 실패할 리 없을 거라고 생각했는데, 왜 이런 건지 알 수가 없었다.

"야, 집에 소주 있냐?"

누나는 분위기 파악도 못 하고 소주를 찾았다.

"소주 안주 하기로는 딱이다."

"누나, 나 지금 심각해."

"닭발 하나 만들어놓고 심각할 게 뭐가 있어?"

환장하겠네.

어디서 잘못된 걸까?

요리 과정을 아무리 되짚어봐도 문제점을 알 수가 없었다.

심각한 고민에 빠져 있던 그때.

지이이이잉—

스마트폰에서 진동이 울렸다.

발신자는 상덕이었다.

"여보세요?"

전화를 받으니 상덕이의 다급한 목소리가 들려왔다.

—지웅아, 그 새끼 왔어!

그 새끼?

아, 상덕이가 말했던 바로 그 인간.

늘 가게에 찾아와서 깽판을 피운다는 인간이 오늘 찾아왔나 보다.

"알았어, 지금 갈게!"

난 대충 외투를 챙겨 입고 방을 나섰다.

"야! 이 밤중에 어디 가!"

누나가 소리쳤다.

"걱정하지 마. 금방 올게."

"아니, 일찍 올 거면 오는 길에 소주 사 오라고."

"…나 고3이거든?"

하여튼 생각이 있는 건지, 원.

* * *

상덕이네 어머니가 하는 포장마차는 구름다리 근처 공터에 있다.

구름다리는 우리 집에서 뛰어가면 오 분 안에 도착한다.

집을 나와 달려가는 내 어깨 위로 카시아스가 올라탔다.

"어디 가냐."

"상덕이네 포장마차."

"선행하러 가는군."

"매일같이 깽판 치는 인간이 또 왔대."

"어떻게 해결하는지 기대하마."

* * *

내가 도착했을 때, 상덕이네 포장마차 내부는 엉망이 되어 있었다.

손님이 하나도 없는 좁은 포장마차에 사십 줄의 더벅머리 아저씨 하나가 들어와서는 손에 집히는 것들을 마구 집어 던지고 있었다.

상덕이와 상덕이 어머니는 그런 더벅머리 때문에 벌벌 떨고만 있었다.

그러다 나를 본 상덕이가 두 팔을 마구 휘두르며 외쳤다.

"지, 지웅아! 저 새끼야! 저 미친놈이라고!"

그 소리에 더벅머리는 날 바라봤다.

더벅머리의 얼굴은 반이 수염으로 뒤덮여 있었다.

완전히 풀어져서 초점이 제멋대로인 눈은 흡사 광인을 보는 듯했다.

대체 왜 유독 상덕이네 가게에서만 행패를 부리는지 알 수 없었지만, 일단은 제압하고 봐야 할 일이다.

난 더벅머리에게 다가갔다.

그러자 더벅머리가 옆에 있는 플라스틱 의자를 들어 내게 휘둘렀다.

턱.

그것을 손으로 잡아서 휙 당겼다.

더벅머리는 제대로 힘도 쓰지 못한 채 내게 끌려왔다.

그런 더벅머리의 복부에 무릎을 박아 넣었다.

퍽!

"꺽!"

더벅머리가 허리를 꺾으며 신음을 흘렸다.

녀석의 머리채를 잡고 들어올렸다. 주먹으로 명치를 때리고, 뺨을 후렸다.

퍽! 짝!

"크헉!"

더벅머리가 그대로 뒤로 넘어가 바닥에 널브러졌다.

"지웅이 잘한다!"

난 더벅머리에게 다가가 그를 내려다보며 물었다.

"아저씨, 뭐하는 겁니까? 왜 남의 가게 와서 매일같이 행패를 부리셨어요?"

"너, 너 뭐야!"

"이 포장마차 운영하시는 아주머니 아들 친군데요."

"근데 왜 끼어들고 지랄이야!"

"그럼 이유도 없이 매일 행패 부리면서 영업 방해하는 아저씨를 그냥 놓아둡니까? 아저씨 여기가 합법적으로 운영하는 곳이 아니라는 거 다 알고 행패 부린 거죠?"

"…뭐?"

더벅머리의 눈동자가 살짝 떨려왔다.

"뭔가 세상에 불만은 엄청나게 많은데, 어디 풀 데는 없고, 그렇게 술만 마시다가 이 포장마차가 만만해 보이니까 행패 부린 거잖아요."

"이 어린 새끼가!"

더벅머리가 일어서려 하는 걸, 발로 목을 짓밟아 제지했다.

"컥!"

"처음엔 그냥 곤조 한번 부렸는데, 그냥 넘어가니까 그다음부터 간이 커져서 매일 스트레스 풀러 온 거죠?"

지금도 포장마차 안은 난장인데 상덕이와 상덕이 어머니는 다친 곳이 하나도 없었다.

애초부터 사람을 해하려고 했던 게 아니다.

그럴 깡도 없다.

그저 스트레스를 풀 만만한 대상을 찾고 있다가 재수 없게도 상덕이 어머님의 포장마차가 먹잇감이 된 것이다.

"크윽!"

"어린놈한테 맞으니까 어때요? 억울하죠? 신고하고 싶으세요? 그럼 신고하세요. 물론 이 포장마차도 불법이니까 벌금은 내야겠죠. 그런데 지금 아저씨가 한 짓은요? 한 달 동안 매일 찾아와서 위협적인 행동 하고, 가구들을 부수고, 위협적인 행위로 사람을 협박하고. 그거 다 제대로 따지면 누가 더 세게 두들겨 맞을 것 같아요?"

말하다 보니 짜증이 확 솟구친다.

난 상덕이 어머니한테 말했다.

"어머니, 이 아저씨 그냥 신고하는 게 어떠세요?"

하지만 상덕이 어머니는 고개를 절레절레 저었다.

"안 돼, 지웅아. 지금 우리 형편에 벌금 맞으면 그거 어떻게 감당하니? 그나마도 여기 관리하는 분한테 얼마씩 쥐어줘서 매번 그냥 넘어가는 건데, 사건 터지면 여태껏 공들였던 것이 다 허사가 된다니까."

…상덕이 어머니는 여태껏 이 구역 담당 경찰에게 뇌물처럼 푼돈을 건네준 모양이다.

그래서 지금까지 한 번도 벌금 맞는 일 없이 장사를 했던 거고.

사실 벌금 한 번 정도는 맞아도 아주 큰 타격이 되지는 않을지 모른다.

하지만 그 이후가 문제다.

포장마차를 철거하면 그다음엔 다시 어디에 포장마차를 세워서 단골을 끌어모은단 말인가.

아예 처음부터 다시 시작해야 하는 상황이 올 수도 있다.

이 도시는 포장마차 사업에 유난히 인색하다.

합법적으로 세금을 내고 포장마차를 운영하게 하는 제도도 있지만, 아직 이 지역에는 그런 제도가 확실히 자리 잡지 못했다.

상덕이 어머니는 다시 말을 이었다.

"그리고 그 인간 인생도 어지간히 불쌍한 것 같은데… 그냥 잘 타일러서 보내줘."

"네, 그렇게 할게요."

난 한 손으로 더벅머리를 번쩍 들어 포장마차 밖으로 끌고 나왔다.

그리고 구름다리 밑으로 데리고 갔다.

더벅머리는 끌려가지 않으려고 발악했지만 내 힘 앞에선 어떠한 저항도 소용없었다.

더벅머리를 바닥에 휙 던졌다.

털썩.

"아이고!"

"아저씨, 경고하는데 두 번 다시 여기 찾아오지 마세요. 아저씨가 찾아왔다는 얘기 들려오면 그 즉시 저, 여기로 옵니다. 우리 집에서 가깝거든요. 그리고 그때는 오늘처럼 조용히 안 넘어가요. 아셨어요?"

"……."

더벅머리는 말없이 일어나서 내 눈치를 슬슬 보더니 어둠 속으로 도망쳐 사라졌다.

띠링!

—상덕이네 가족을 못살게 굴던 나쁜 아저씨를 혼내주셨네요? 선행을 쌓아 2링크가 주어집니다.

*　　*　　*

상덕이 어머니와 상덕이는 연신 내게 고맙다는 말을 반복했다.

“우리 지웅이 없었으면 어쩔 뻔했을까.”

“그치? 내가 말했잖아. 지웅이 변했다니까? 예전의 그 약골이 아니야, 엄마.”

“내가 딱히 뭐 해줄 건 없고, 닭발이라도 구워줄 테니까 먹고 가.”

그러고 보니 상덕이 어머니도 닭발을 팔고 있었지.

어쩌면 좋은 기회가 될지도 모르겠다는 생각에 난 사양하지 않았다.

어질러진 가게를 상덕이와 함께 대충 정리한 다음 테이블에 앉으니 어머니가 연탄불에 구운 닭발이 나왔다.

“자~ 먹어봐. 입에 맞으려나 모르겠네.”

상덕이 어머님은 푸짐한 외모답게 닭발을 큰 접시 한가득 올려주셨다.

“잘 먹겠습니다~”

상덕이와 나는 닭발을 입에 넣고 씹었다.

그런데 이 닭발… 내가 만든 것보다 훨씬 맛있었다.

용용닭발만큼은 아니지만, 나보다는 확실히 몇 수 위였다.

"왜 그래? 맛없어?"

내 표정이 좀 심각했던 모양이다.

"아니요, 맛있어요."

"그런데 왜 그런 얼굴이야, 인마."

상덕이가 타박을 주었다.

난 그런 상덕이를 무시하고 어머니에게 물었다.

"어머니, 이 닭발 어떻게 요리하신 거예요?"

"응? 그냥 만들던 대로 만든 거지. 왜?"

"…잠깐만요. 저 얼른 집에 좀 갔다 올게요."

* * *

집에 들어오자마자 그 새 내가 만든 닭발을 거의 다 먹은 누나가 날 보며 물었다.

"소주 사 왔어?"

"지금 소주가 중요한 게 아니야."

"그럼 뭐가 중요한데?"

난 누나가 먹다 남긴 닭발을 빈 그릇에 담았다.

그리고 닭발 양념에 필요한 재료들도 봉지에 담아 다시 집을 나섰다.

*　　*　　*

"이게 다 뭐냐?"

내가 포장마차 테이블에 올려놓은 것들을 보며 상덕이가 물었다.

상덕이 어머니는 그걸 차근차근 살펴보더니 고개를 끄덕였다.

"닭발 만드려고 했구나."

"네, 맞아요."

"지웅이가 요리에 관심 있었니?"

"그랬던 건 아닌데… 사실 우리 아버지 가게가 요즘 상황이 안 좋거든요. 그래서 좀 새로운 종목으로 도전을 하고 싶었는데, 제가 기막힌 닭발 양념 비법을 알아내서 그대로 만들어봤어요. 한데, 그게 생각처럼 나오지가 않아서요."

"어디 한번 만들어볼래?"

"네."

난 상덕이 어머니가 보는 앞에서 집에서 했던 그대로 닭발을 만들었다.

상덕이 어머니는 완성된 닭발을 진지하게 음미하시고는 빙긋 웃으셨다.

"맛있네?"

상덕이도 그 말에 고개를 끄덕였다.

"응, 나쁘지 않은데?"

"문제는 나쁘지 않은 정도로는 안 된다는 거지. 정말 탁월하게 맛있어야 돼. 어머니, 뭐가 문제일까요?"

상덕이 어머니가 곰곰이 생각하다 입을 열었다.

"사실 좀 놀란 건, 지웅이가 만든 이 양념 소스는 정말 기가 막히다는 거야. 그런데 닭발이랑 같이 버무리면 뭔가 붕 뜬 듯한 맛이 되어버리잖니."

"맞아요."

"내가 보기엔 이렇게 하는 게 맞는 것 같다."

아주머니는 내가 만든 완성된 양념 소스를 한켠에 밀어두고, 과일만 따로 갈아두었던 양념 소스에 생닭발을 재웠다.

"이게 뭐예요?"

"닭발을 과일을 갈아 만든 양념에 재워서 그 맛이 닭발 안에 스며들도록 하는 거지. 그리고 네가 지금 만든 이 양념 소스도 바로 사용하는 것보단 더 오래 숙성해서 사용해야 제맛이 날 것 같은데?"

아……!

바로 그거였구나!

나는 여태껏 그저 내가 알아낸 맛의 재료들을 완벽한 비율로 섞어서 만들면 되는 줄 알았다.

그런데 그게 아니었다.

'바보 같았어.'

내겐 영혼의 힘으로 얻은 절대미각과 요리 솜씨가 있지만, 경험이라는 게 부족했다.

결국 부족한 것을 상덕이네 어머니가 채워주었다.

"중요한 건 비법 양념을 얼마나 숙성시켜야 가장 맛이 있는지가 될 것 같네?"

"그렇구나… 전 짐작도 못했어요. 감사합니다, 어머님."

"뭘. 우리 지웅이가 도와준 거에 비하면 아무것도 아니지."

맑게 웃으며 말씀하신 상덕이 어머니는 이내 한숨을 내쉬었다.

"그나저나 이 짓도 이제 못해먹겠다. 된통 데고 나니까 진이 쫙 빠지네."

그 말을 듣는 순간 내 머릿속에 번개처럼 스치고 지나가는 생각이 있었다.

"어머니."

"응?"

"포장마차 오늘부로 접으시는 게 어때요?"

"뭐? 너 제정신이냐? 그럼 우리는 뭐 먹고 살라고?"

상덕이가 길길이 날뛰었다.

하여튼 생각 짧은 새끼.

"조용해 봐, 인마. 어머니. 어머니께서 조금만 도와주면 제가 이 닭발을 용용닭발보다 더 맛있게 만들 자신이 있거든요? 그래서 우리 가게 대표 메뉴로 내걸면 입소문 타고 호황 누리는 건 어렵지 않을 거예요."

"그런데?"

"지금 주방 맡고 계시는 아주머니는 요리를 너무 못하셔서 여러모로 힘이 들어요. 어머니께서 대신 주방에 들어와 주시면 어떨까요?"

"내, 내가?"

"네. 어차피 포장마차에서도 계속 닭발 장사 하셨으니까 손에도 익고 괜찮으실 것 같은데요. 물론 아버지께서 월급도 꼬박꼬박 드릴 거예요."

상덕이와 상덕이 어머니가 서로 시선을 교환했다.

상덕이는 벌떡 일어서서 어머니의 손을 덥석 잡았다.

"엄마, 해! 얘네 가게는 불법 아니잖아! 엄마 항상 포장마차에서 일하는 거 불안하다고 했었잖아! 여기서 불안하게 이러는 것보다 지웅이네 식당 들어가는 게 훨씬 낫겠다!"

"그래도… 그게 말처럼 쉽니? 아직 지웅이 아버지께서 허락한 것도 아니고."

말하는 걸 들어보니, 할 마음이 아예 없는 건 아닌 모양이었다.

“그럼 우리 아버지께서 허락하시면 주방에 와주시는 거죠?”

“그거야 뭐…….”

상덕이 어머니께서 말끝을 흐렸다.

“어머니, 그럼 일단 같이 끝내주는 국물 닭발 요리를 만들어봐요. 그게 완성되면 그때 아버지한테 들고 가서 얘기해 보는 거예요.”

“엄마! 그렇게 하자. 나도 도울게.”

상덕이 어머니는 한동안 말이 없다가 깊은 생각 끝에 겨우 승낙하셨다.

“그래, 그럼. 인생 어쨌든 부딪쳐 보는 거라고 누가 그러더라. 해보자, 지웅아.”

“감사합니다, 어머니!”

이걸로 든든한 아군이 생겼다.

이제 곧, 용용닭발을 능가하는 닭발 요리가 탄생할 것이다.

Chapter 13
소라스의 소원

보름이라는 시간이 빠르게 흘러갔다.

이제 수능이 코앞에 닥쳤다.

그동안 난 학교와 집, 편의점을 오가며 열심히 선행을 쌓았다.

그렇게 해서 모은 링크가 총 148.

그중 15링크를 소모해 영력을 두 단계 업그레이드시켜 최종적으로 남은 링크는 133링크였다.

태진이 사건처럼 큰 게 한번 터져 주면 좋으련만, 그런 일은 자주 벌어지지 않았다.

어머니는 3차 항암 치료를 마치고서 집으로 돌아오셨다.

이번에도 병원비가 상당히 나왔고, 아버지는 그 돈을 마련하기 위해 친가를 찾아갔다.

할아버지에게 손을 벌려 겨우 목돈을 마련해서 병원비를 냈다.

그에 어머니는 늦은 밤 가족들 몰래 화장실에서 홀로 눈물을 훔치는 일이 많아졌다.

일찍 잠이 드는 누나와 늦게 들어오는 아버지는 모르지만 난 알 수 있었다.

내 청력은 이미 초인의 수준에 달해 있었으니까.

아직 병원 측에서 어머니의 상태가 호전되었다는 얘기는 없었다.

그저 여전히 골수이식만이 살길이라 말하는 중이다.

라모나의 자가 치유 능력이 제대로 작용하고 있는 건지, 아니면 라모나의 능력으로도 백혈병은 어쩔 수 없는 건지 모를 일이다.

아버지는 여전히 가게가 어려워 침울한 나날을 보낸다.

누나는 꾸준히 직장에 나가는 중이다.

나는 상덕이네 어머니와 열심히 닭발 요리를 개발 중이다.

지난 보름 동안 하루 숙성시킨 소스부터 보름 숙성시킨 소스까지 계속 닭발을 요리해 보았다.

개인적으로는 딱 오 일 숙성시킨 양념으로 조리를 했을 때 가장 맛이 있었다.

용용닭발과 거의 근접할 정도의 맛이었다.

하지만 그 정도로는 안 된다.

용용닭발을 확실하게 누를 수 있는 맛을 개발해야 한다.

그래서 요즘엔 숙성 기간을 한켠으로 미뤄두고, 무언가를 더 첨가하면 맛이 살지를 연구하는 중이다.

아니면 들어가는 재료의 배합을 달리해 보는 것도 방법이다.

그것은 조금만 연구하면 답이 나올 것 같았다.

음식 재료의 배합에 탁월한 능력을 지닌 리조네의 힘이 내게 해답의 길을 계속해서 제시해 주고 있었기 때문이다.

요즘 내 학교생활은 상당히 만족스럽다.

태진이 패거리를 제압해 버린 이후, 날 괴롭히는 사람은 없었다.

그렇다고 유난히 친근하게 다가오는 사람도 없었다.

딱 두 명, 상덕이와 아랑이를 제외하면 말이다.

나도 고3이 다 끝나가는 마당에 딱히 친구들과 더 친해져야 할 필요성을 느끼지 못해서 흘러가는 대로 살았다.

카시아스와는 여전히 티격태격하면서 보낸다.

그리고 그건 집으로 돌아가는 지금도 마찬가지다.

"왜 자꾸 바레지나트의 영혼을 사라는 거야?"

바레지나트는 100링크를 주면 살 수 있는 영혼으로 뛰어난 민첩성과 근력을 갖게 해준다.

하지만 내가 욕심나는 건.

"난 마르카스의 영혼을 살 거야."

마르카스는 150링크를 주면 살 수 있는 영혼이고 화 속성 초급 마법, 즉 번의 단계를 다룰 수 있게 된다.

내가 마법사가 된다니?

생각만해도 기분 좋은 일 아니냔 말이다.

하지만 카시아스의 생각은 다른 모양이다.

"당장 너한테 실용적인 건 바레지나트의 영혼이다. 잔말 말고 시키는 대로 해."

"이게 진짜……."

"내 말 들어서 여태껏 손해 본 적 있냐?"

"…없지."

"화 속성 초급 마법이 나쁘다는 게 아니야. 다만 더 실용적인 걸 먼저 사라는 거지."

"에효, 알았다. 소울 커넥트."

이번엔 참 오랜만에 접속하는 영혼 상점이었다.

어둠 속에서 라헬이 모습을 드러냈다.

"어서 오……."

"바레지나트 살게."

"…이제는 인사도 못 하게 하시네요."

라헬은 나랑 말싸움해 봤자 득 될 게 없다는 걸 알고서 순순히 바레지나트의 영혼을 건네주었다.

"그럼 안녕히 가시길."

라헬이 단단히 삐친 모양이다.

아무리 그래도 인사는 잘하던 녀석인데 이번엔 등을 휙 돌리고 사라졌다.

그와 동시에 난 현실로 돌아왔다.

일단 체격 자체는 변한 게 별로 없었다.

하지만 몸 안에서 샘솟는 기운이 전과 확연하게 달랐다.

팔다리를 휘두르다가 제자리에서 살짝 점프해 보았다.

놀랍게도 몸이 깃털처럼 가벼웠다.

주먹을 뻗었다.

이전과 비교도 할 수 없을 만큼 빠르고 강력한 펀치가 튀어나갔다.

민첩성과 근력이 확실히 업그레이드되었다.

"마인드 탭."

이름 : 유지웅

소속 : 지구, 대한민국

성별 : 남

나이 : 19

영력 : 3/5

영매 : 6

아티팩트 소켓 1/1

보유 링크 : 33

마인드 탭에서 보이는 영매의 숫자가 날 뿌듯하게 만든다.

열심히 선행을 해서 사들인 영혼이 벌써 여섯이다.

엄마에게 준 것과, 박인비를 괴롭히던 양아치에게 준 영혼까지 합하면 여덟이었다.

'그나저나 인비한테는 연락이 안 오네?'

난 인비가 하도 적극적으로 나오기에 번호를 강탈해 간 그날 바로 연락이 올 줄 알았다.

그런데 보름이 지난 지금까지도 그녀에겐 전화 한 통, 문자 하나가 없었다.

뭐, 연락 없으면 나야 편하지.

난 마인드 탭을 닫고 다시 집으로 걸음을 옮겼다.

한데 이제껏 한 번도 겪어보지 못한 패턴이 발생했다.

소라스의 소원이 발동했습니다. 수락하시겠습니까?

[Yes/No]

"응? 뭐야, 이건?"

소라스의 소원이라니?

소라스는 내가 처음으로 사들였던 영혼이다.

소라스가 가지고 있던 능력은 강인한 육신이었다.

그런데 그 소라스의 영혼이 지금 내게 소원을 들어달라고 하는 건가?

무슨 의미인지 도통 모르겠다.

"카시아스, 이게 뭔지 설명해 봐."

"네가 흡수한 영혼 중, 한을 많이 남기고 죽은 영혼은 그런 식으로 대신 자신의 한을 풀어달라고 퀘스트를 보내기도 한다."

"이거 수락해야 돼?"

"그건 네 선택이지. 수락해서 퀘스트를 클리어한다면 보상이 주어질 테고."

"클리어 못하면?"

"…그 영혼의 힘이 사라진다."

뭐야, 이 엄청난 리스크는?

차라리 무엇일지도 모를 보상 포기하고 퀘스트를 수락 하지 않는 게 더 나을 것 같은데.

"근데 어떤 조건으로 인해서 이런 퀘스트가 발동되는 거야?"

"영혼이 판단하기에 자신의 한이 맺힌 사건을 네가 대신 해결해 줄 수 있겠다 싶은 수준으로 강해졌을 때, 또는 그것을 해결할 만한 능력을 얻었을 때지."

"중요한 건 그건 순전히 영혼의 잣대로 판단한 것이라는 거고."

"그래."

정말 부담되는 퀘스트다.

하지만 뭐 엄청나게 힘들 것까지야 있을까 싶기도 하다.

소라스는 5링크로 산 영혼이다.

상대적으로 다른 영혼들보다 그 능력이 변변찮다.

때문에 그가 해결해 주기를 원하는 사건도 스케일이 그다지 크진 않을 것이다.

뭐, 마왕을 때려잡아라! 이런 건 아닐 테니까.

삼류 무사 수준의 육신을 가진 사람이 그토록 원대한 포부를 가지고 있었을 리 없잖은가.

"수락해 봐?"

"좋을 대로."

이번엔 카시아스도 강요를 하지 않았다.

나는 잠시 더 고민하다가 결국.

팅—

'Yes' 버튼을 눌렀다.

그 순간!

화아아아아아악!

찬란한 빛이 일었다.

그것은 곧 내 전신을 집어삼켰다.

갑자기 정신이 혼미해지며 의식이 저 멀리 날아갈 것마냥 흐려졌다.

덜컹! 덜컹!

이게 무슨 조화인지 모르겠으나 전신에서 엄청난 진동이 일었다.

이어 롤러코스터를 타는 것처럼 아찔한 기분과 함께 내 몸이 어딘가로 깊이 빨려 들어가는 걸 느꼈다.

여전히 눈앞엔 환한 빛만이 가득했다.

그러다 한순간, 갑자기 빛이 사라졌다.

"……?"

주변을 둘러보았다.

난 어딘지 모를 이상한 방 안 침대에 누워 있었다.

"뭐야……?"

내가 말해놓고 내가 놀라 입을 다물었다.

지금 내 입에서 튀어나온 말은 생전 처음 들어보는 것이었다.

그런데 난 그것을 말했고 심지어 알아들었다.

이게 지금 어찌된 상황인 걸까?

그때 누군가 낡은 방문을 확 열었다.

모습을 드러낸 건, 어디 중세 시대에서나 볼 법한 옷을 걸친 거한의 대머리 사내였다.

그가 날 보며 말했다.

"아직도 자냐, 소라스?"

…소라스?

내가 소라스라고?

『데일리 히어로』 2권에 계속…

The Record of
Dragon's
Return

재중
귀환록